極上パイロットの旦那様は、溺愛妻をイタイくらい囲い込んで離さない

★

ルネッタブックス

CONTENTS

Lunetta

プロローグ

くっきりと鮮やかな青。

果てしなく高い空に、一機の旅客機が気持ちよさそうに一筋の白線を引いていく。

開放された二階の窓から、空を眺めていた少女が大きな目を輝かせながら振り返った。

「お兄ちゃん見て！　飛行機雲！」

少女の言葉に、勉強机に向かっていた青年がふっと顔を上げる。

「ああ、本当だ。気持ちよさそうに飛んでるな」

あれはたぶん近隣の国際空港から飛び立ったジェット機だ。

それに幼い頃から飛行機好きの彼には、それが間もなく就航する米国製の最新機種だと一目見て分かった。おそらくテスト飛行なのだろう。

ドリームライナーと名付けられたその旅客機は中型としては従来より長い距離を飛行でき、エネルギー効率が破格にいいことが特徴だ。

今後はこの機種が世界の空で活躍することになるだろうと、つい先日も新聞の記事で目にしたばかりだった。

青年は椅子から立ち上がって少女の背後に歩み寄り、目を細めてかなたの空を追う。

高く澄んだ空を切り裂くように進む機体は、一分の迷いもなく突き進んでいく。

鋼《はがね》でできた最新式の機体の中には、きっとたくさんの人たちがそれぞれの希望を抱いてシートに腰を下ろしているのだろう。

大切な人との約束がある人、新しい場所で新しい暮らしをする予定の人……。それにもしかしたら、訪れる場所で人生を変える出会いを経験する人もいるかもしれない。

そう考えると、ああやって飛行機が人々を目的地へ運ぶことは、彼等を未来へ連れて行くことにも繋《つな》がると青年は思う。

その圧倒的な力強さと可能性に、青年は思わず憧憬のため息を漏らした。

(やっぱり、飛行機はいいな)

青年は幼い頃から飛行機が大好きで、買ってもらうおもちゃも自動車より翼がついたものが多かった。

小さい頃からの夢はジェット機のパイロット。

今もその夢は持ち続けているが、高校三年になっていざ進路が現実的なものになるとそう簡単にはいかなくなった。

パイロットという職業に就くには、努力以前に身体的な適性をクリアすることが大前提だ。それにいざ身体検査を潜《くぐ》りパスしても、パイロット養成コースのある大学は私立が多く授業料も格段に高額になる。

近く両親が離婚して母に帯同する予定の彼には、その道を選ぶことは難しそうだった。

何より、家族を裏切った父親には頼りたくない。唯一選択できそうな道は大学卒業後に自社育成パイロットとして航空会社に就職することだが、それが非常に狭き門だということは誰でも知っていることだ。

(現実と夢の間には、大きな隔《へだ》たりがあるって本当だな)

今度は諦めのため息をつきながら、青年は勉強机に戻る。

すると傍《そば》にいた少女が、やや興奮した面持ちで彼に近づいてきた。

「ねぇねぇ、お兄ちゃんは将来飛行機を運転する人になるんでしょ?」

黒目がちな眼差しをきらきらさせながら、少女がまっすぐな視線を向けてくる。

彼女は数年前隣家に越してきた家の一人娘で小学校五年生だ。

何故妹でもないのに彼の部屋にいるのかというと、共働きの彼女の両親が戻るまでの数時間、彼の母親が好意で預かっているという単純な理由だった。

娘を欲しがっていた母はうきうきと彼女とお菓子を作ったり手芸をしたりとあれこれ構って

いたが、思春期真っ只中のはずの彼自身もまんざらでもなかった。

お互いひとりっこ同士、きっと兄妹ごっこみたいな感覚もあったのだろう。

けれどこんな平和な時間ももう終わりだ。

来月には自分は母と共にこの家を出る。

父親も同時にこの家を引き払うそうだから、もう彼女がここへ来ることはないだろう。

「飛行機の運転手って、パイロットって言うんだって。お兄ちゃんのことパパに話したら教えてくれたの。凄くかっこいい仕事だなって」

少女の弾むような笑顔に、青年の心が暗く翳《かげ》った。

確かに何年か前、彼女に無邪気な自分の夢を話したような気がする。

あの頃はまだ自分を取り巻く様々な事実を知らずにいたのだ。

両親の不和もこれからは今までのように気楽に夢を語れるわけではないことも……本当に自分は何も知らなかった。

「……どうかな。パイロットなんかよりもっといい仕事もあるかもしれないし」

「えっ」

「体力的にも精神的にもきつい仕事みたいだし、よくよく考えたらパイロットなんてあんまり割のいい仕事じゃない」

降って湧いたような両親の離婚。理由は父親の浮気だが、そんなの自分のせいじゃない。

どす黒く渦巻いていた理不尽な思いが、思わず口をつく。

(俺は……小学生相手に何やつあたりしてるんだ……)

苦い後悔の感情が喉の奥にせり上がり、自己嫌悪と怒りがない交ぜになった感情が心を満たす。

すると一瞬泣き出しそうな顔をした少女が、次の瞬間に微かな笑顔を浮かべて彼の眼差しを見つめた。

無垢な瞳に卑屈な目をした自分が映り、今度は彼の方が泣き出したい気分になる。

「でも……飛行機はやっぱり凄いと思う。だってあんなに高い空を飛ぶんだもん。鳥より高い空を飛ぶんだよ？　人間は空を飛べないのに、飛行機に乗れば鳥より高く遠くへ行けるもん」

少女はそう言い放つと、瞳を煌《きら》めかせて彼を見つめた。

幼く純粋なのに強くゆるぎない輝きが、彼の心をまっすぐに貫く。

「だから飛行機を運転するパイロットはもっと凄い。ね、だからお兄ちゃん、絶対パイロットになって。そうしたら美桜《みおう》、絶対お兄ちゃんの運転する飛行機に乗るから。美桜はカフェのバリスタになるから、お兄ちゃんは美桜のお店でラテ・アートを頼んでね！」

そう言って笑った、少女の笑顔。

その笑顔は、今でも自分が命を預かるすべての人たちの笑顔に重なっている。

果てしない空に続く一筋の飛行機雲は、今でも航大《こうだい》の心の奥深くに刻まれたままだった。

旦那様は極上パイロット

ふわりとうなじに触れた吐息で目が覚めた。

背後から身体を包み込む体温。

自分よりも少し高いそれに昨夜の余韻を思い出し、とろりとした微睡《まどろ》みの中にいた美桜は、はっとして意識を覚醒させた。

無意識に身じろぎをした瞬間、背後で航大が微笑む気配がする。

「……おはよう。もしかして起こしたか？」

吐息交じりの声は低くかすれてひどくセクシーだ。

いつもの、何より空港で垣間見る冷静で知的な彼とはまるで違っていて、美桜の心は堪らなく幸福な気持ちで満たされる。

美桜だけが聞くことのできる声。美桜だけが触れることのできる体温。それに……美桜だけが見ることのできる顔。

愛し合うふたりしか知ることのない、濃密で激しい密やかな交わり。

「身体は……大丈夫？」

「えっ……」

「いや……昨夜はちょっと無理させすぎたかなって。ごめん、美桜に触れるの久しぶりで、色々我慢できなかった」

うなじに顔を埋めたまま囁《ささや》く低い声に、美桜の体温は否が応にも上がってしまう。

日本有数の航空会社で副操縦士として働く夫の野口《のぐち》航大は三十一歳。

昨日の夕方、現地ステイを終えて四日ぶりに羽田に戻ってきたばかりだ。

同じく羽田のカフェで働く美桜と落ち合い、自宅マンション近くのお気に入りの洋食屋で食事をして帰宅したのが午後八時頃。

それからふたりなだれ込むようにベッドに身を投じて、もう何度愛し合ったのか美桜は覚えていない。

「美桜だって仕事で疲れてるのに……本当にごめん」

少し後悔の滲《にじ》んだ甘い声。普段は冷静で隙のない航大のこんな声に、美桜は弱い。

幸せなのに泣きたくなるような、説明のできない切なさで胸がいっぱいになってしまう。

こんな気持ちにさせられる人に出会ったのは、美桜が生まれてから今まで、初めてのことだ。

「今日から私もお休みだから……だから大丈夫」

航大は今日から二連休。だから美桜も彼に合わせるように休みのシフトを入れてある。

カフェの先輩である真子《まこ》──野村《のむら》真子も航大と顔見知りということもあり、美桜が言い出す前にいつも都合を聞いてもらえる幸運もある。

まだ新婚なんだから──と、美桜が仕事で月の半分は家にいない航大と一緒にいられるよう配慮してくれる真子には、いくら感謝してもしきれない。

真子の優しさに思わずほっこりしていた美桜の背後で、航大が嬉しそうに笑った。

背後から抱きしめられる格好で、密着した首筋にまた息がかかる。

くすぐったくて思わず身体を逃がそうとする美桜を、航大の腕がきゅっと引き留めた。

逞《たくま》しい上半身が背中に密着し、彼女よりも少し高い体温にまた愛しさが溢《あふ》れて……胸がキュンとしてしまう。

「野村さんにもお土産を買ってきてあるんだ。福岡の明太子と、名古屋コーチン。こうして美桜と過ごせる時間を許してくれる野村さんには、本当に感謝しないとな」

航大はそう言うと、美桜の身体に回していた腕に強く力を込めた。そして片方の指を器用に動かして、美桜の顎をくいっと背後に向かせる。

美桜の目の前には覆いかぶさるように首を伸ばした航大の顔が迫り、もう何度も見ているはずの瞳の煌めきに胸の鼓動がドキリと大きく波打った。

艶《つや》やかに光る情熱的な眼差しは、空港で初めて彼とすれ違った時から美桜を捉えて離さない。

濃紺に金のラインが入ったまぶしい制服姿で、航大が美桜に見せた印象的な漆黒の瞳。

(航大さんの目って本当にきれい。何だか、見つめていたら吸い込まれちゃいそう)

航大は女性が十人いれば十人全員に好まれそうな整った顔立ちだが、美桜は何よりもそのミステリアスな瞳に魅かれてしまう。理由など分からないまま目を奪われてしまう。

幼い頃から憧れていた彼の眼差しに、無条件に心が揺さぶられてしまうのだ。

だから、母に押し切られてしぶしぶ出向いたお見合いで突然現れた航大に、『結婚を前提にお付き合いをさせて欲しい』と言われた時にも、戸惑いはしたものの拒絶する気持ちにはなれなかった。

初恋の人に再会するなんてまるで運命のようだと、本気で思ってしまったのだ。

「……どうしたの？　何だか泣きそうな顔してる」

美桜を見つめる航大の目がわずかに細められた。

そんな、ちょっと困惑した顔すら魅力的だ。

なおも引き寄せられるように見つめると、航大の唇が美桜のそれにゆっくりと近づき、何度か軽く触れた後深く入り込んだ。

爽《さわ》やかな朝には相応しくない、味わうようなキス。

ねっとりと絡み合う柔らかな舌が、濃厚な昨夜の余韻を身体の奥深くから呼び覚ます。

「んっ……ふっ……」

新たな官能の芽が身体の芯から溢れ出し、粘膜が擦れ合う粘着質な水音が美桜の鼓膜をみだらに震わせる。

堪らなくなって思わずシーツをぎゅっと握り締めると、柔らかな舌がさらに強引に絡みつき、その存在を思い知らせるよう美桜を追い詰めていく。

息をつく暇も与えない、情熱的な口づけ。

まるで波のように絶え間なく押し寄せる彼の愛撫に、おなかの奥に仄《ほの》暗い熱が灯《とも》る。

航大はしばらくの間美桜の口内を貪《むさぼ》ると、やがてちゅっと音を立てて唇を離した。

「美桜、俺がいなくて寂しかった？」

「えっ……」

「だって美桜、昨夜はあんなに……それに、ほら……今だって」

薄く微笑んだ彼の長い指先が美桜のナイトウエアの胸元をはだけさせると、薄桃色に色付いたふくらみの先端が恥ずかしそうにツンと尖《とが》りを主張している。

美桜が弱いその二つの突起は、昨夜散々食べられ愛された余韻で、キスだけでこんなになってしまう。

「ほら……美桜のここ、食べて欲しそうに俺を誘ってる」

航大は妖《あや》しく揺らめく眼差しで美桜をじっと見つめると、まだ熟しきっていない若い果実を舌を絡めながら口の中に含んだ。舐めて、吸って、まるで甘いキャンディを手に入れた子どものように夢中で舐めしゃぶる。

ちゅ、ちゅっとみだらなリップ音が寝室に響き、立ち込める濃密な香りと狂おしい快感に、美桜は上ずった甘い声をあげながら彼の愛撫に取り込まれていく。

結婚してから一か月、もう何度も繰り返された甘い愛の契《ちぎ》り。

（航大さんと夫婦になれたなんて、まだ信じられない……）

甘く狂おしい疼きに身を委ねながら、美桜はただうっとりと彼の髪に指を差し入れる。

そしてわずか二か月ほど前に舞い降りた航大との奇跡のような縁《えにし》を、改めて思い返すのだった。

杉本《すぎもと》美桜は二十四歳。

羽田空港内にあるカフェでバリスタとして働いている社会人二年生だ。

美桜が働くカフェは都内にある『青猫珈琲《あおねこコーヒー》』というメーカーの直営店だ。国際大会で受賞歴のあるバリスタがラテ・アートを提供していることもあり、ここ羽田空港店はなかなかの人気店で週末や連休にはわざわざ遠方から足を運ぶお客さんもいる。

とはいえ、新米の美桜にはまだラテ・アートを提供することはできない。

青猫珈琲では、決められた社内研修を経て試験に合格した社員しか商品としてのラテ・アートをお客様に提供できない決まりになっている。

美桜もあとひとつ試験に合格すれば晴れてラテ・アートを提供できるところまできたのだが、この最後の試験がなかなか難しく、美桜はこれまでに二回も合格を逃している。

もちろん練習することは推奨されているから、休憩時間に自分たちが飲んだり、通常の商品を注文されたお客様にサービスとして提供することは許されてはいるのだが。

「カプチーノ、ラテ・アートで二点ですね。少々お待ちくださいませ」

今日も朝から、さっそく二人連れの若い女性客から注文が入った。

会計を済ませて先輩社員である真子に伝票を回すと、彼女のすらりとした手が手際よく作業を進めていく。

一連の作業は、まずはグラインダーという機械で豆を挽くところから始まる。

規定量の豆をセットしたらバリスタの一分の無駄もない動きであっという間にカップに香り

高いエスプレッソが注《そそ》がれる。辺りに一瞬でエスプレッソのいい匂いが広がる、何とも幸福な一瞬だ。

そして、そこから先はまるで魔法だった。

真子はエスプレッソを抽出している間に泡立てておいたミルクを、ピッチャーでカップに注ぎながら絵を描いていく。

まったく道具を使わずカップ内の対流を利用して絵を描くこのやり方は、専門用語でフリーポアといわれる技法だ。

いたってシンプルな技法だが、同時にバリスタの技術がもっとも著《あらわ》される誤魔化《ごまか》しの利かない作業だ。

ラテ・アートの技法ではこのフリーポアは王道で、ミルクで描かれる温かな絵柄は世界中の人々を笑顔にさせる不思議な魅力に満ちている。

真子はこのフリーポアのみが競技種目とされているラテ・アートの世界大会で、史上最年少で優勝した経験を持つ天才的なバリスタ。青猫珈琲店の若きカリスマだ。

来客のリクエストに応えることもあるが、真子が一日に描く絵柄は大抵二つだ。だが、真子は同じ絵柄でもその時々でアレンジを加えることが多い。

共通のモチーフでありながら唯一無二の絵柄は、最近ＳＮＳで話題に上ることも多い。

（真子さん、今日は何を描くんだろう……）

ドキドキしながら真子の手元を見つめていると、きめ細やかな泡の中にあっという間に動物の姿が浮かび上がってくる。

カップの中で、今にも飛び跳ねそうなうさぎだ。

「わぁ、可愛い！」

女性客から感嘆のため息が漏れた。

美桜は真子が作業台に置いたカップをトレイにセットし、「お待たせいたしました」と女性のひとりに渡す。

そしてもう片方は、夢見るように首を傾げる可愛らしい猫だ。

美桜が商品を渡すと、女性たちがそれぞれ目を輝かせながら席について写真を撮り合っている。

その幸せそうな様子に、美桜の心もほっと温かくなった。

「真子さんのラテ・アートって本当にみんなを幸せにしますよね」

美桜がしみじみと呟《つぶや》くと、真子は涼やかな目元を綻ばせて嬉しそうに笑う。

「ありがとう。でも私、美桜ちゃんのラテ・アートも好きだよ」

「えっ……嬉しいですけど、でも何を描いたのか分からないってこの間も関谷《せきや》さんに笑われちやって……犬を描いたのに『これ、熊？』って」

関谷——関谷裕太《ゆうた》はこの店の常連で空港で働く整備士だ。

一年ほど前からほぼ毎日店を訪れてくれる関谷は、最近は毎回カプチーノを注文する際に美桜にラテ・アートの練習をさせてくれる。

ありがたい申し出に美桜も毎回苦心して絵を描くのだが、どれも不出来で真子のように商品として提供するには程遠い出来栄えだ。

「上手いとか下手とかじゃないよ。美桜ちゃんのアートには心があるから」

真子はそう言うと、ふっと美桜の背後に視線を馳せる。

「噂をすれば……関谷さんだ」

振り向くと、視線の先には関谷がいる。

「いらっしゃいませ！」

美桜が元気に声を掛けると、関谷が笑いながら店内に入ってきた。

私服で午前中に来店するということは、夜勤明けだろうか。

いつもはひとりでふらりとやってくることが多い関谷だが、今日は両脇に目立つ容姿の男女を伴っている。

中背ながらがっしりした体型の関谷とは違い、連れのふたりはすらりと長身だ。

女性の方はヒールを履《は》いているせいか関谷より背が高い。おそらく百七十センチを大きく超えているだろう。

折れそうなほど細い身体に長い手足。九頭身に近いスタイルは、モデルと比べても遜色ないだろう。

(きれいな人……CAさんかな)

美桜は思わず彼女に見とれながら、小さくまとめられたシニヨンに視線を移す。

美桜が働く空港の中には、彼女のように洗練された美しい女性がたくさんいる。

特にCAにはもともと容姿の優れた人が多いが、きりりとした制服に身を包んで大空を駆け巡る彼女たちは、国内外の人たちの目に磨かれてますます美しくなっていくように思える。

そんな容姿端麗な人が大勢いる空港の中でも、目の前にいる彼女の美しさは別格と言っていいだろう。

(いけない、オーダーを取らなきゃ)

目の前にいる美女に圧倒されつつ、美桜は我に返って関谷たちひとりひとりに笑顔を向けた。

すると最後に美女の隣にいた男性に目を向けたところで、思いがけず息がひゅっと止まる。

(あ……この人……)

急にどくどくと心臓の鼓動が大きく響き、視線は男性にくぎ付けになってしまう。

身体を硬くした美桜に気づいたのか、彼の視線もこちらにまっすぐ向けられている。

（あ、あの時の人だ……）

美桜の脳裏に、記憶の中の鮮やかな一場面が蘇《よみがえ》った。

それはつい先日、休憩から店に戻る途中の出来事だった。

たくさんの人が行きかう空港の中で、美桜はある男性とすれ違った。

といっても、ただすれ違っただけで美桜は彼と言葉すら交わしてはいない。

ただほんの一瞬、目が合っただけ。

なのにそれからしばらく、美桜の脳裏には彼のことがくっきりと焼き付き、離れなかった。

彼は金のラインが入った濃紺の制服に身を包み、キャプテンと連れ立って歩いていた。

誰が見ても分かる、フライト終わりのパイロット。

空港内ではもちろんひときわ光り輝く存在だが、美桜が魅かれたのは彼の制服ではない。

彼の髪、彼の顔立ち、そして何より意味ありげに自分を見つめる黒い瞳に胸が騒いで仕方がなかった。

あまりの息苦しさに思わず立ち止まり、しばらくただ彼の後ろ姿を追うことしかできないでいたほどだ。説明のつかない確信が美桜の中で膨らんでいく。

まるで追い立てられるような焦燥感と、切なさにも似た懐かしさ。

美桜が一番大切にしている思い出の中にいる人と、彼はとてもよく似ていた。

まだ幼かった頃、隣に住んでいたお兄ちゃん……今となっては苗字しか覚えていない人だが、それは美桜にとって初めての恋の相手だった。

いつかパイロットになる、と言っていた、憧れの年上の人。

「美桜ちゃん……？　どうしたの？」

呆然《ぼうぜん》と男性を見つめる美桜に、関谷と隣の女性が怪訝な表情を浮かべている。

ハッと我に返り、美桜は取り繕うように関谷に笑顔を向けた。

「いらっしゃいませ。あの……関谷さん、今日はお友達と一緒なんですか」

「ああ。こいつら、部署は違うけど一応同期。ＣＡの渋谷《しぶや》と、こいつは……」

「初めまして。野口……野口航大です」

（野口……）

美桜の中でふくらんでいた気持ちが、一瞬でしゅっとしぼんでいくのが分かった。

覚えている苗字とは違う。

この人は憧れていたあの人とは違うのだ。

航大と名乗った男性は、あの時とは打って変わって柔和《にゅうわ》な笑顔を美桜と真子に向けている。

まるで猫の目のように変わる彼の眼差しに、美桜の胸はまたせわしなく鼓動を刻み始めた。

美桜の胸の内を知る由《よし》もなく、関谷が屈託なく続ける。

「こいつ、こう見えてもパイロットなの。イケメンでパイロットなんてイヤミな奴だから、美桜ちゃんは近づいちゃダメだからね」

「何だよ、それ」

「うるさい。美桜ちゃんはお前に群がるような女たちとは違うんだ。だからお前は美桜ちゃんとしゃべっちゃダメ」

「ずいぶん乱暴な言い草だな」

関谷の一方的な物言いに、航大が苛立ったように目を細める。

まるでやんちゃな子どものようなやり取りに、間に立っていた美女が呆れたように大きなため息をついた。

「関谷君も野口君もやめてよね。こんなところでみっともない」

「だって、渋谷……」

「はいはい。……ごめんなさいね。今、仕事終わりで、この人たちちょっとハイな状態なの」

そう呟く渋谷に、真子が柔らかな笑顔を向ける。

「お天気、ちょっと荒れてましたもんね」

「そうなんだよな。俺、絶対残業になると思ったもん。あの状況で無傷でランディングするなんて、まさに神業だろ。あー、やっぱ高梨《たかなし》キャプテン凄いわ。俺、見てて何か泣きそうになった。……やっぱ、パイロットってかっこいいなぁ」

関谷は興奮したようにまくし立てると、美桜に向かって笑顔を向ける。

その様子を目の端で認識しながら、渋谷が意味ありげに肩を竦《すく》めた。

「でも意外だったなぁ。関谷君がこんなおしゃれなカフェの常連だなんて。ここ、今ＳＮＳでもちょっと話題なのよ。ラテ・アートが凄く可愛いって」

「え、そうなの？　へへ、でもそうなんだよなぁ。ここのラテ・アートがすごく可愛いんだよなぁ」

「関谷君にとって、可愛いのはラテ・アートだけじゃなさそうね」

渋谷はそうひとりごとのように呟くと、美桜に優しい眼差しを向けた。

さらりとした分け隔てのない微笑みは、思わず見惚れてしまう美しさだ。

「それじゃ、私はカフェラテをラテ・アートでお願いします」

「俺はいつものカフェラテで！　美桜ちゃんの愛情たっぷりのやつ。あ、お会計はこいつがまとめて払うから」

そう言って笑うと、関谷は渋谷を伴っていつもの席へ行ってしまう。

真子も作業に入り、自然に美桜は残された航大とふたりで向き合う形になった。

「あ、あの……ご注文はいかがいたしましょうか」

緊張で声を震わせながら告げると、航大の黒い瞳がまっすぐに美桜を見下ろす。

すらりと細身だが、航大はかなり背が高い。概算だが、おそらく百八十センチは余裕で超えているだろう。

身長百五十六センチの美桜が彼と目を合わせるにはのけぞるように顔を上げなくてはならないが、お客様と目を合わせるのは青猫珈琲店の接客の基本だ。

緊張から美桜は瞬きもせず航大の返事を待ったが、いくら待っても航大は何も言葉を発しない。

結果的に、ふたり見つめ合う形でいくばくかの時が過ぎた。

(うぅ、どうしよう。この状況、凄く緊張する……)

ただオーダーを取っているだけ。なのにこの張り詰めた空気は何だろう。

美桜は必死で平静を保とうとしたが、張り裂けそうに拍動を刻む心臓はいつまでたっても収まりそうにない。

少し乱れた前髪の間から覗《のぞ》く切れ長の瞳は、まるで逸らすことを許さないように美桜を捉えて離さない。こんなにも誰かに――男性に見つめられたのは、大人になってからは初めてのことだ。

「……どう違うの？」

「えっ」

「渋谷が頼んだのと関谷が頼んだの、どこが違うの？」

ふっと視線を緩めた航大が、わずかに首を傾げて美桜の顔を覗き込んだ。

その甘い眼差しに、美桜の頬は一瞬で赤く染まってしまう。

単なる接客なのに、いったい自分は何をしているのか。

ドギマギしながら視線を逸らし、動揺を咳払いで誤魔化しながら美桜は何とか平静を保って答えた。

「ラ、ラテ・アートは弊社のトップバリスタがカップの中にミルクで可愛らしい絵を描いてご用意いたします！　カフェラテは通常何も描きませんが、関谷さんにはいつも私の練習台になっていただいていて！」

緊張のあまり声が大きくなっているのが分かる。

こんなの挙動不審もいいところだが、こうなればもう元気いっぱいな接客対応ということで押し通す以外策はない。

航大はしばらく優しい眼差しで美桜を見つめていたが、やがて美桜の胸元の〝ｍｉｏｕ〟という名札に視線を移し、悪戯《いたずら》っぽい笑みを浮かべて言った。

「それじゃ、俺も関谷と同じもので」

「し、承知しました。カフェラテですね」

「俺も〝美桜さんの愛情たっぷりのカフェラテ〟でお願いします」

「えっ……」

驚いて顔を上げる美桜に流れるような視線を返し、航大は会計を済ませて関谷たちの待つテーブルへと向かう。

美桜はぐるぐると混乱する頭を何とか静めつつ、二人分の〝愛情たっぷりのカフェラテ〟作りに苦心するのだった。


その日から、何故か航大は関谷に負けないくらい頻繁に美桜の勤めるカフェへやってくるようになった。

どうも出勤する度に必ず店に顔を出しているようで、必然的に週の半分ほどは顔を合わせている計算になる。

航大が搭乗するのは米国製の最新機種だ。

関谷の所属するチームも同じ機種の整備が担当なので、おのずとふたりが来店する日にちや時間帯がかぶる場面も多い。

合わせてＣＡの渋谷——渋谷美和子《みわこ》が仕事終わりに後輩を伴ってやってくることもあり、カフェの雰囲気は今までにも増してにぎやかになった。

今日も整備の仕事を終えてやってきた関谷がいつものテーブルで寛いでいるところへ渋谷たちが合流し、和気あいあいと会話を楽しんでいる。

美桜も最近知ったことだが、エアラインで働く人たちは職種を超えた交流も盛んだ。

同期会と称して食事会が開かれることもあるし、一般の人を対象にしたイベントに広報から一緒に出席を求められたりすることも多いらしい。

一便の飛行機を飛ばすためにはパイロットやＣＡだけではなく、搭乗手続きを円滑に行うグランドスタッフや機体を安全に飛ばす整備スタッフ、それに荷物を積み込むグランドハンドリングスタッフなど様々な職種を担う人たちが必要だ。

そのどの部分が欠けても安全で安心な運航は実現しないのだと彼らとの関わりの中で教えてもらい、誰もが自分の職業に高い志《こころざし》を持っていることを知って、美桜も空港で働く者の一員として身の引き締まる思いだ。

自分は空に飛び立つシップ——飛行機の無事を祈ることしかできないが、せめてここでコーヒーを楽しむお客様やスタッフたちに最高の一杯を提供し、温かな心遣いで空の旅を見送り、迎えたいと思う。

「美桜ちゃん、ありがとう。ごちそう様」

「それじゃ美桜ちゃん、またね！」

ひとしきりおしゃべりを楽しんだ関谷や渋谷たちが、美桜に笑顔で手を振ってくれる。

「お疲れ様でした。ありがとうございました！」

みんなを見送ると、美桜はテーブルの整理をしながらふっとため息をついた。

時刻は午後七時。カフェの閉店時間まであと一時間ほどだが、今日は引きが早いのか店内に客の姿は一人もいない。

（今日はもうこれで終わりかな……）

空港はあいにくの雨模様。平日のこんな日は空港外から訪れる人も少なく、このまま閉店になることも多い。

美桜が手早く店内のテーブルを整えてカウンターへ戻ると、真子が慌《あわ》てたようにスマートフォンをポケットにしまうのが目に入った。

その顔がわずかに青ざめていることに気づき、美桜の心もひやりと冷たくなる。

「真子さん、何かあったんですか」

「美桜ちゃん……ううん、何でもないよ。そろそろ閉店の準備しようか」

「でも……真子さん、何だか顔色が悪いです」

なおも食い下がる美桜に、観念したように真子がふっと肩を落とす。

「母がね、あまり体調がよくないらしいの。職場のスーパーで買い物中に気分が悪くなって、今お店の人に家まで送ってもらったって」

真子の言葉に、美桜の心もぎゅっと苦しくなる。

早くに父親を病気で亡くし、真子はお母さんと二人暮らしだ。

その母親も数年前に病気を患《わずら》い、幸いなことに完治したもののまだあまり無理はできない状態らしい。

「大変、真子さん、早く帰ってあげてください」

「ううん。閉店まであと一時間だし、もう落ち着いているみたいだから大丈夫。ごめんね、気を遣わせて」

真子は気丈に笑ってそう言うと、カウンター内できびきびと身体を動かす。

その背中が頼りなく見えて、美桜は思わず真子の腕を掴んだ。

繊細で儚《はかな》げな顔が、驚いたように美桜を振り返る。

「真子さん、閉店時間までいたんじゃ遅くなっちゃう。早く帰ってあげてください」

「美桜ちゃん……でも、一人じゃ片付け大変でしょう。美桜ちゃんこそ帰るの遅くなっちゃう」

「私なら大丈夫です。今日は別に予定もないし、帰って寝るだけだし」

美桜の言葉に、真子の眼差しが揺れる。

本心では母親が心配で堪らない真子の気持ちが痛いほど伝わり、美桜はさらに強く真子の手を握り締めた。

「私ひとりでも大丈夫です。だって毎日、真子さんに厳しく鍛《きた》えられていますから」

大丈夫、ひとりでもやれる。強がりではなく、その自信は美桜にもある。

美桜の強い眼差しに、真子の表情がほろほろと崩れた。不安げで頼りなげな、美桜が見たことのない表情だ。

「美桜ちゃん……ごめんなさい。それじゃ、お言葉に甘えて帰っていい？　本社のマネージャーには私から連絡しておくから」

「はい。任せてください。だから真子さん、早くお母さんの所へ……」

美桜の言葉に小さく頷《うなず》くと、真子は足早にバックヤードに姿を消し、すぐにバッグを持って出てきた。着替えもせず、カフェの制服の上に上着を羽織っただけの姿だ。

「美桜ちゃん、ごめんね。後で連絡するから」

「はい。真子さん気を付けて」

「美桜ちゃん、ありがとう」

そう言って強く美桜の手を握り、真子が駆け出していく。

その後ろ姿を、美桜は祈るような気持ちで見送るのだった。


真子を見送った後に二人ほど持ち帰り客の来店があったが、その後はぴたりと客足が途絶えた。

国内線に到着する便は遅い時間まであるが、カフェの営業が終了する午後八時を迎える頃には、空港内に行きかう人たちの姿もぐっと少なくなる。

(雨の空港って、何だかいつもと違う顔をしている気がする)

広く滑走路に面したカフェの窓ガラスからは、雨に濡れたジェット機の姿が見える。

このロケーションのよさも、真子のラテ・アートと共にこの店の魅力のひとつだ。

(ふふ、雨に濡れててもかっこいいなぁ)

美桜は飛行機を見ることが好きだ。

誰にも言ったことはないが美桜がここ羽田空港店で働くことになったのも、美桜が自ら勤務地を希望したからだ。

（でもやっぱり、青空を飛んでいる姿が一番好き）

空を飛ぶ飛行機はどれも好きだが、美桜が特に好きなのは今目の前で静かに佇《たたず》んでいる、ドリームライナーと呼ばれる米国製の機種だ。

（こうやっていつでも飛行機を見られるし、空港で働けてよかったな。それに……もしかしたらパイロットになったお兄ちゃんに会えるかもしれないし）

美桜の心の中には、誰にも秘密の特別な思い出がある。

それはまだ小学生の頃の、甘酸っぱい初恋の思い出だ。

現在の実家へは美桜が小学校低学年の頃に引っ越したのだが、両親が共働きだったために学童保育を終えて両親が帰宅するまでの数時間、美桜一人で過ごさねばならなかった。

そのことを知った隣家の女性が、両親が帰宅するまでの間うちにおいでと申し出てくれたのだ。

立派な門構えのその家は、両親と男の子の三人家族だった。

滅多《めった》に顔を合わせることのなかった父親のことはあまりよく覚えていないが、優しく明るい母親とはよく一緒にお菓子作りや縫物をして、とても楽しい時間を過ごした。

ひとりっ子だった男の子は美桜よりかなり年上で、普段近所で見かける中学校や高校の制服とは違う制服を着ていたから、おそらくどこか私立の学校に通っていたのだろう。

最初は人見知りをして彼と話せなかった美桜だが、思春期の男の子らしく口数が多くないながらも宿題を教えてくれたりと優しく面倒を見てくれたお兄ちゃんに、同じくひとりっ子だった美桜はすぐになついてしまった。

今思えば、学校の友達たちが兄弟仲良く遊ぶ姿に、どこか憧れのようなものもあったのだろう。

それに彼はまるで、少女漫画に出てくる王子様みたいだった。

彼のお母さんも女優さんのような美人だったからきっと母親に似たのだろうが、スッと通った鼻筋やキラキラ光る黒く涼やかな眼差しは、美桜の目にとてつもなく魅力的に映った。

学校で好きな男子の話になれば美桜はいつも〝お隣のお兄ちゃん〟と言っていたし、バレンタインデーには彼のお母さんと一緒にチョコレートを作ってプレゼントした。

社交辞令かもしれないが、お兄ちゃんも『美桜ちゃんのくれたチョコが一番美味しい』と言ってくれ、美桜の小さな胸は幸せで弾けそうにふくらんだものだ。

それは美桜にとって、キラキラ輝く幸福な初恋の時間だった。

けれど……その幸福な時間も、ある日突然の終わりを告げた。

美桜が小学五年生になったある日、一家はどこかへ引っ越していってしまった。

突然の、急な別れだった。

夏休みが明けてしばらくした頃、林間学校から戻った美桜は母の制止も聞かずにすぐお土産を持って隣家へ向かった。

しかしいつもと違って門扉は固く閉ざされ、インターフォンを鳴らせばすぐに美桜を迎え入れてくれたおばさんも出てきてくれない。

何より、今まで感じられたおばさんやお兄ちゃんの温かな気配が完全に消え去ってしまっていることに気づき、泣きながら家に戻った美桜は、母からお隣が引っ越してしまったことを告げられた。

突然の初恋の終わりに美桜は打ちひしがれ、しばらくご飯も喉を通らなかったほどだ。

（お兄ちゃん、元気かな。きっと今もかっこいいままなんだろうな……）

目を閉じれば、今でも彼の横顔が脳裏に浮かび上がる。

さらさらした黒髪と、吸い込まれてしまいそうな黒い瞳。

美桜を虜《とりこ》にした彼の幻影はその後の彼女に多大な影響を及ぼし、結局今でも彼氏いない歴＝実年齢を更新している。

あの完璧な王子様は、今でも美桜の心の真ん中に住んでいる。

大人になって夢と現実の区別はつくようになったが、未《いま》だに彼以上に心ときめく男性に出会えていないのだ。

でも……。

「……まだオーダーできる？」

低く柔らかな声に顔を上げると、カウンターの前に航大が立っているのが目に入った。

はっとして我に返ると、彼の黒い瞳が自分を見つめていることに気づく。

時計を見ると、閉店時間があと十五分ほどに迫っている。

「いらっしゃいませ。はい、もちろん……」

「今日はひとり？　関谷たちも……さすがに帰ったか」

航大はそう言うと、瞳をふっと緩める。

「野口さんは……今お仕事終わりですか」

美桜は端整な顔にほんの少し疲れを滲ませる航大に、労《いたわ》るような視線を向けた。

彼女の眼差し受け、航大がまっすぐに美桜を見つめる。

「いや、今日はフライトの後、少しキャプテンと話してた。……というか一方的に俺が質問してたんだけど。雨の日の羽田には、シミュレーションしておきたいことがたくさんあるから」

航大はそう言うと、カフェの窓ガラス越しに佇む機体に目を向ける。

「ここはいいな、飛行機がよく見えて。今日は特に特等席だ。こんな景色を独り占めできるなんて贅沢だな」

「でも野口さんはいつもコックピットからの景色を見てるから……私から見れば憧れです」

美桜の言葉に、航大の瞳が優しく細められた。

ただ彼が笑っただけ。

けれど今まで見たことのない優美な眼差しに、美桜の心がドキリと大きな音を立てる。

目が離せないほど魅惑的で、何故か懐かしささえ感じさせる黒い瞳に吸い込まれてしまいそうで、思わず美桜は彼から視線を逸らした。

気づかれないようふっと息を吐き、精一杯の笑顔を浮かべて彼に視線を戻す。

「今日も……カフェラテでよろしかったですか」

「ああ。今日も〝美桜スペシャル〟で頼むよ」

(美桜、って……)

不意の呼びすてに戸惑う美桜を横目に、航大は何ごともなかったように清算を済ませて窓際の特等席へ行ってしまう。

その背中を見送り美桜はコーヒー豆を挽き、エスプレッソを抽出して泡立てたミルクをカップに注いでいく。

(私、どうしてこんなに野口さんが気になってしまうんだろう)

最初に空港内で彼とすれ違った時、美桜の胸はときめきと幸福でいっぱいになった。

やっと会えた、きっと彼がパイロットになったお兄ちゃんだと確信したからだ。

でも違った。

幼い頃お世話になったお隣さんは、野口という苗字ではなかった。

(野口さんはお兄ちゃんじゃないのに……)

彼は幼い頃憧れた王子様じゃない。

けれど美桜は、彼に強く魅《ひ》かれている。

輝く宝石のような思い出と、同じくらいの吸引力で。

抗《あらが》いようのない力に支配されているような気分になり、美桜はそっと小さなため息をつく。

ピンと張りつめた心の糸が美桜の身体を硬くする。

震える指先を堪え、美桜は精一杯の力で神経を研ぎ澄ませ、カップに集中する。

ミルクの最後の一滴を注ぎ終えると、カップの中に細い層で描かれた繊細なハートが浮かび上がった。

思わずふっと息を吐き、振動を与えないようカップをソーサーに置く。

陶器の硬質な音が辺りに響いて、ようやく時間が流れ出した。

(できた……)

思い通りに描けた完璧なハート。

初めての納得のいく出来栄えに、美桜は高鳴る鼓動を抑えながら航大の下へ運ぶ。

「お待たせしました」

テーブルにそっと置いたカップに視線を落とし、航大が優しい笑みを浮かべた。

「ありがとう。……きれいなハートだな。雨の空港によく似合う」

そう呟き、美桜から視線を逸らさぬままカップに口をつける。

黒く濡れた瞳がとてもきれいで、美桜は息をひそめて、背後に雨に滲む飛行機を従えた航大を見つめることしかできない。

「ん……美味しいよ。味も温度も完璧だ」

「ありがとうございます」

「今日はいいな。何もかも独り占めだ」

航大はそう呟くと、フッと窓の外に視線を向けた。

憂いに満ちた端整な横顔に、まるでデジャヴのように美桜の心の奥が疼く。

あの頃、お兄ちゃんもよくこんな風に窓の外を眺めていた。

まだ幼かった美桜は、飛行機が好きなお兄ちゃんが空を横切る機体をのんびり眺めていたのだと思い込んでいたけれど、本当は違うのかもしれない。

こうして航大の横顔を見ていると、あの時のお兄ちゃんの気持ちが何となく分かるような気がする。

あの頃、もう大人の階段を上《のぼ》り始めていたお兄ちゃんの胸中には、様々な葛藤や悩みがあったに違いない。

まだまだ未熟だが、こうして社会人となった今なら、それが少しは理解できる。

「今日の雨は優しいな。しっとりと細やかで」

「風ももう止みましたね」

「ああ。いつもこんなだといいんだけど、そうもいかないよな」

航大は最後は自分に言い聞かせるように呟くと、「座ったら、まずい？」と視線で椅子を勧める。

誰もいない店内を見渡し、美桜は誘われるままに彼の向かい側に浅く腰かけた。

すると航大は、ジャケットのポケットから小さな包みを取り出してそっとテーブルの上に乗せる。

「……これ、お土産。今日のフライト、パリ便だったから」

航大はどこかぶっきらぼうに言うと、すぐに視線を窓の外に移した。

航大が置いたのはベビーピンクに薔薇をあしらった包み紙と可愛らしいリボンでラッピング

された、小ぶりな箱だ。

女の子なら誰でも心をくすぐられてしまう愛らしさに、美桜の口から思わず小さな歓声がこぼれる。

「わぁ……可愛い。でも……私が頂いていいんでしょうか」

「君のために買ってきたんだから、逆にもらってもらわないと困る」

「えっ……」

君のために、という航大の言葉に、美桜の胸がどきりと跳ね上がる。

戸惑いと理由の分からない切なさで思わず黙り込んでしまうと、航大が慌てたように言った。

「いつも……タダで絵を描いてもらってるから、何かお礼がしたいと思って。パリで人気の紅茶だそうだ。ここはコーヒー専門店だけど、将来カフェを開くなら、紅茶の勉強だってした方がいい」

（えっ……私、将来カフェを開きたいなんて、野口さんに言ったっけ……？）

航大の言葉に美桜は一瞬首を傾げたが、きっと真子が誰かに話したのを聞いたのだろうと思い直して包みを手に取った。

今はバリスタとして修業中の美桜だが、航大が言った通り紅茶だって大好きだ。

フランスは世界でも有名なカフェの国。

だから航大のお土産は、美桜にとって何より嬉しいプレゼントだ。

「あの……それじゃ、遠慮なく頂きます。ありがとうございます。嬉しいです。紅茶も勉強しますね」

美桜がぺこりと頭を下げると、流れるように視線を向けた航大が瞳だけで笑った。

その艶やかな眼差しに、美桜の視線はたちまち取り込まれてしまう。

最初にすれ違った時から、いや、もっと遠い昔、もしかしたら生まれる前から知っているその漆黒の瞳が、美桜の心を捉えて離さない。

「……それに今日のこのハートも。君の優しいハート、ちゃんと受け取ったから」

航大はそう言ってカップを手に取ると、中身を一息に飲み干す。

彼の背後では霧雨に濡れたしなやかな機体が、優しく美桜たちを見守っていた。

お見合い相手は初恋の人

美桜が初めてハートのラテ・アートを完成させてから、二週間ほどたったある平日。

久しぶりに実家に戻った美桜がソファでまったり横たわっていると、他の部屋で誰かと電話で話していた母がいそいそとリビングに入ってきた。

そして美桜の隣に腰かけると、にこにこしながら言う。

「美桜ったらたまの休日だっていうのに、こんなところでダラダラしてもったいないわね。若いんだから、デートでもしてきたらいいのに」

このセリフは最近の母の定番だが、今日はどこかニュアンスが違う。

普段は心底心配そうに「彼氏はいないのか」「誰かに紹介してもらったら」とお節介な心配を延々としてくるのだが、今日の母にはいつもの悲壮な感じは見受けられず、どちらかというとうきうきと華やいでいる。

「お母さんたら、今日はご機嫌だね」

訝しげに眉を顰《ひそ》める美桜に、母はさらに満面の笑みを浮かべた。

「美桜はまだ彼氏なんていないわよね？　好きな人とか……いないわよね？」

「急に何よ。いくら母親でもプライバシーには踏み込んじゃいけないんだからね。もっとデリカシーを持ってよ」

憤慨《ふんがい》して抗議する美桜に、母は表情を引き締めてわざとらしく咳払いをする。そして居住まいを正すとすました顔で言った。

「美桜、よく聞いてちょうだい。あなたにいいお話があるの。お母さんの知り合いの息子さんなんだけど、年はあなたより七つ年上で、羽田空港にお勤めなんですって。その方のお母さんとさっき久しぶりにお電話で話したんだけど、働いている場所が同じだなんてご縁があるんじゃないかってお互いびっくりして」

どうにか平静を保とうとしているものの、母の顔は隠し切れない高揚感で満ちている。

突然持ち出された予想外の話に、美桜は眉間にしわを寄せて母に鋭い眼差しを返した。

「それってお見合いってこと？　私まだ二十四歳だよ。それに、お見合いなんてしなくても自分で相手くらい探します！」

「だって美桜、あなた今まで彼氏の一人もいたことなかったじゃない。このままじゃ一生ひとりで過ごすことになっちゃうわよ。美桜はひとりっ子なんだし、お父さんだってお母さんだってあなたのことが心配で心配で」

母は声のトーンを落としてそう言うと、今度は急にしょんぼりと肩を落として見せる。

「お母さんだって、もう成人した娘に対してお節介だって分かってるわ。でも心配なの。美桜は人一倍優しくて繊細だから、できれば思いやりのある優しい人と巡り会って欲しい。お母さんはお相手のお母さんのことしかよく知らないけど、その人の息子さんなら間違いないってはっきり確信できるもの」

美桜が生まれる前から食品輸入会社のバイヤーとして働いている美桜の母は、バリバリのキャリアウーマンだ。

今では役職もついて忙しく働いている母だが、平日休の多い美桜に合わせて数か月に一度は、こうして休みを取って一緒にいてくれる。

それは美桜が小学校の頃から変わらないことなのだが、そんな日はふたりで映画を観たりおしゃべりをしたりして過ごすのが決まりだった。

父も含めた親子三人で過ごす週末ももちろん楽しかったが、母とふたりきりで過ごす時間は思春期の悩み事などを話す機会でもあり、美桜にとってはかけがえのない、なくてはならない時間だった。

もう十分大人になった美桜だが、今でもこうしてふたりの時間を作ってくれる母の気持ちを思うと、いくらお節介とはいえ無下にはできない。

それにこんなにしょんぼりした顔を母にさせるのは美桜だって不本意だ。

美桜は深くため息をつくと、笑みを浮かべて母の背中に手を当てた。

「お母さん、心配してくれてありがとう。でも私、まだ結婚なんて考えてなくて。仕事だって楽しいし、まだまだやりたいこともいっぱいあるし。結婚する気もないのにお見合いなんて、相手の方にも失礼でしょう」

それに……美桜には確かに恋人はいないが、気になる相手ならいるのだ。

(野口さんも、今日はお休みだって言ってたな……)

航大は相変わらず出勤の度にカフェに寄ってくれ、美桜にラテ・アートの練習をさせてくれる。

昨日の夕方も勤務を終えた後に来てくれたのだが、あのふたりだけの雨の夜以来、美桜と彼の関係は微妙に変化しているように感じられる。

同じやり取りをしていても、ふるまいも声の温度も、何もかもがまるで違うのだ。

航大を意識するあまりの自意識過剰かとも思ったが、美桜はすぐにそうではないのだと気づいた。

何より、美桜を見る彼の眼差しが違っているのだ。

(野口さん、どうしてあんな風に私を見るんだろう)

普段は硬質なミステリアスな黒い瞳が、美桜に向けられる時だけまるで粘膜をまとったようなとろみのある温かさで覆われる。

それが嬉しくて、苦しくて、切なくて。美桜は胸がいっぱいになってしまうのだ。

「美桜、お相手の方も、何もすぐ結婚しようって思ってるわけじゃないんだって。でもお仕事が激務でまるで女性と出会う機会がないらしいの。それでお母さんが心配されて、まぁ、うちもそうなんですよって話をしてたら、あら、もしかしてこの組み合わせ、いいご縁なんじゃないかって話になって」

美桜がうっとりと野口に思いを馳せていることなどつゆ知らず、母は立て板に水が流れるように言葉を並べると、美桜の手を握る。

「美桜、それでね、何と今夜、先方も息子さんと久しぶりに都内で食事をする予定らしいの。うちも今日は美桜が帰ってきてるでしょう。それで本当にびっくりして、これはもう神のお導きに違いないって話になって、善は急げってことで……」

「待って、お母さん。そんなの無理よ。だって私……」

好きな人がいる、と母に告げようとも思ったが、それはそれでややこしい気もして美桜は言葉を切った。

それに、こんな強引な母を見たのも初めてだ。

母はいったい何故こんなにお見合いを勧めるのだろうか。

「お母さん、知り合いって誰なの？　私の知っている人？」

「……覚えていないかもしれないけど、美桜も会ったことがある人よ。とてもお世話になったの」

母はしみじみとした口調でそう呟くと、何かを決意した面持ちで顔を上げた。

そして美桜の両手をガシッと掴むと、縋るような眼差しを向ける。

「お願いよ、美桜。会うだけでいいの。それにふたりきりじゃないわ。お母さんたちも一緒に行くから。美桜だってきっと楽しいはずよ。先方のお母さん、とっても素敵な人だもの」

自分を見つめる母の真剣な眼差しに、美桜の心がふわりと揺れる。

（お母さん……）

ずっと仕事をしていたせいもあるだろうが、美桜はあまり母に干渉された記憶がない。

もちろん両親に愛されている実感はあるが、進学や就職、ひとり暮らしなど美桜が決めたことに意見をされたことも、何かを強要されたこともない。

いつも黙って美桜を見守り、何かあれば黙って話を聞いてくれる優しい両親に、社会人となってひとりで暮らすようになってから自分がどれほど愛され守られていたのかを実感する日々だ。

そんな母がここまで必死でお見合いを勧めるのは、きっと美桜のことが心配だからなのだろう。

確かに美桜はひとりっ子で、両親ともに親戚付き合いも薄い。

両親はまだ十分に若いが、漠然と将来を考えると美桜のことが気がかりで堪らないのだろう。

親が子を思う揺るぎない愛情に、美桜の心がじんわりと温かくなっていく。

「……分かった。お母さんがそこまで言うなら……会って食事するだけなら」

「美桜……！」

「でも、本当にお食事するだけよ。私、まだ結婚なんて……」

躊躇《ためら》いがちに呟く美桜の手を握り、うるうると目を潤ませてこちらを見上げていた母の目が、みるみるきれいな三日月の形になっていく。

「ね、美桜、一流ホテルのフレンチなんてお母さん何年ぶりかしら。何を着ていったらいいかしらね。美桜はほら、去年いとこの恵子《けいこ》ちゃんの結婚式で着たワンピース、あれがいいんじゃない？」

今鳴いた烏《からす》がもう笑った——と美桜がため息をついた時にはもう、母は嬉々《きき》として立ち上がり、弾む足取りで二階のクローゼットへと行ってしまうのだった。

実家から都内までは電車で一時間ほど。

煌びやかなシティホテルのエントランスを進むと、美桜は母とふたり大理石の敷き詰められたエントランスホールでエレベーターの到着を待つ。

「お母さん、やっぱり髪、変じゃない？」

美桜は肩先で揺れるエレガントな巻き髪を撫でつけつつ、母に視線を向ける。

「大丈夫。とっても素敵よ。美桜の髪は昔から色素が薄くて柔らかだから、こうやってカールするとまるでお人形さんみたいね」

母はそう言って笑うと、顔に掛かっている髪をそっと撫でつけてくれる。

今日はあれから、母とクローゼットをひっくり返してファッションショーを何度も繰り返す羽目になった。

美桜だけでなく母の着るものにも大いに悩み、あれやこれやととっかえひっかえしてようやく準備ができた頃には、もうすでに家を出なくてはならない時間になってしまっていたのだ。

父には外で食事をすることは知らせているが、あの惨状を見て泥棒が入ったと勘違いしはしないかと気が気ではない。

間もなくエントランスに到着したエレベーターでレストランがある最上階まで上ると、約束の時間まで少しあったので化粧室へ立ち寄ることにした。

用を足して磨き上げられた鏡の前に立つと、美桜の目の前にいつもと違う自分の姿が映し出されている。

今日、美桜がまとっているのは、淡いピンクのレース地が美しいAラインのワンピースだ。人目を引くような派手さはないが、繊細で可憐なデザインと、歩く度に揺れるスカートの裾が可愛らしい。

仕事柄、普段は後ろでひとつに束ねている髪も、今日は下ろして毛先をふんわり巻いている。サイドは編み込みにして後頭部でリボンを結び、メイクもいつもは使わないローズ系の色味で揃えている。

マスカラは苦手だから使っていないが、ビューラーでカールさせたまつ毛は黒く大きな瞳を際立たせ、クラシカルなレースのワンピースも相まってどこかノスタルジックな憂いを醸《かも》し出している。

「お母さん、私、派手じゃないかな」

普段あまりメイクはしないから、美桜は華やいだ自分の顔に馴染めない。

不安そうに鏡を見つめる美桜の隣で、母が安心させるように優しく笑った。

「ううん、おかしくなんてないわ。今日の美桜、とってもきれい。お父さんに直接見せられないのが残念なくらいよ」

母はそう言うと、「お父さんに見せる」と周りに誰もいないのをいいことにスマートフォンで美桜を何度も撮影する。

幼い頃とまるで変わらない母のふるまいに呆れつつ、美桜は顔を合わせられなかった父に向かうつもりで、にっこりと微笑んだ。

(お父さんもお母さんも、ずっと変わらず私を大切にしてくれる)

両親の変わらぬ愛情に感謝しつつ、美桜は家族と過ごした幼い日々にそっと思いを馳せる。

幼稚園の親子遠足や小学校の父兄参観など、両親は忙しい仕事の合間をぬって必ず出席してくれ、いつでも細やかな優しさと配慮で美桜を宝物のように育《はぐく》んでくれた。

(お父さんとお母さんと三人で、本当に楽しい子ども時代だったなぁ)

それに家族の思い出と共に蘇るのは、やっぱりお隣のおばさんやお兄ちゃんの存在だ。

(お兄ちゃんもおばさんも、元気でいてくれるといいな)

遠い記憶にもう彼らの顔かたちはおぼろげだが、あの頃自分に幸せを与えてくれたお兄ちゃんやおばさんには、今でも感謝してもしきれない。

きっともう二度と会うことはないだろうが、どこにいてもふたりには幸せでいて欲しいと心から思う。

（あの頃……本当に幸せだった……）

両親と笑い合った日々。おばさんと焼いた素朴で優しいクッキーの味。

思い出は美桜の胸に温かさを灯して、脳裏に浮かぶ光景は次第に柔らかな光に溶けてしまう。

そして次に浮かんでくるのは、何故か航大のミステリアスな黒い瞳だった。

優しい思い出は激しい情熱に、穏やかさは切なさに変わっていく。

（……初恋の王子様からは、もう卒業だ）

母に押されてこんなところまで来てしまったが、こんな状況だからこそ、美桜の心には揺るぎないひとつの気持ちがはっきりと浮かび上がってくる。

（私……野口さんのことが好きだ）

ひとりの男性として彼に恋をしているのだと、美桜ははっきり確信した。

それはきっと、最初に空港で出会った時からずっと。

本当は心のどこかでとっくに分かっていたのに、気づかないふりをしていた。

バリスタの見習いでしかない自分が、空の世界のみんなの一番の憧れに恋するなんて。

きっとみんなに笑われる、身の程知らずだとバカにされると臆病になっていたのだ。

けれどこうして両親の愛情を実感すると、たとえ身の程知らずだとしても、大切な人たちに嘘はつきたくないと心から思う。

(今日食事を終えたら……お母さんに野口さんのことを言おう)

片思いだし、絶対手が届かない人だけど、好きな人がいると正直に打ち明けよう。

そう心に決めたものの、美桜の胸には苦い後悔が込み上げる。

(やっぱり、今日は来るべきじゃなかったんだ)

今から会う親子の存在を思い、美桜は唇を噛む。

いくらフランクな感じだったとしても、今日の食事会はどこからどう見ても〝お見合い〟の意味合いを含んでいる。

はっきりした自覚がなかったとはいえ、好きな人がいるのにそんな場に来るのは相手に失礼だ。

(でも、ここまできたらもう帰るわけにはいかない。せめて楽しく食事して、その後きちんと謝ろう)

簡単には許してもらえないかもしれないが、誠心誠意言葉を尽くそうと美桜は思う。

自分の心に正直に。それは幼い頃から、両親が教えてくれたことだ。

「お母さんも今日はとってもきれいだよ。ね、ふたりで一緒に撮ってお父さんに写真を送ろう」

いつもダークスーツに身を包んでいる母も、今日は華やかなラベンダー色のスーツを鮮やかに着こなしている。

美桜は母とふたり揃って液晶に写り込むとシャッターを切り、離れていても繋がっている父に画像を転送するのだった。

化粧室を出てレストランへ向かうと、入り口に華やかなワンピースをまとった細身の女性と、背の高い男性が背中を向けて立っているのが目に入った。

「あっ、蒼井《あおい》さんだわ」

そう言って、母が駆け出していく。気配に気づいた女性が振り返り、嬉しそうに母の腕を取った。

「あっ、杉本さんよね!? 元気だった？ 本当に……全然変わっていないのね」

手を取り合って再会を喜ぶふたりを、美桜はその場に立ち尽くしたまま、身動きひとつできずに見つめる。

（お母さん……今、〝蒼井さん〟って言った……？）

胸がドキドキと大きな音を立てている。

母が呼んだ苗字には、美桜にも覚えがあった。というよりそれは、美桜が忘れるはずもない、忘れられない特別な苗字だ。

思いもよらない展開に、衝撃で頭の中がぼうっとしている。急に心臓の動きが速くなったような息苦しさに、美桜は思わず胸の辺りを手で押さえた。

少し離れた場所で母と話している女性の顔が、フッと美桜の方へ向けられた。

一瞬で蘇る優しい記憶が、鮮やかに美桜の中で色彩を取り戻す。

「美桜、何をしてるの？　早くこっちへ来てご挨拶しなさい。あなた、あんなにお世話になったんだもの」

もうずいぶん時が過ぎたのに、相変わらずおばさんは素敵なままだ。いやそれどころか、あの頃よりずっと洗練された美しさに満ちている。

きっと彼女が過ごした時間は、満ち足りた時間だったのだろう。

「美桜ちゃん？　……本当に美桜ちゃんなのね。まぁ、何て素敵できれいなお嬢さんになったのかしら」

優しさと愛情に満ちた笑顔で、おばさんが両手を広げている。

まるで吸い寄せられるように近寄った美桜の身体は彼女の腕に収まり、ぎゅっと抱き締められる。

懐かしい香りと柔らかな空気感。

この優しい毛布に包まれて、あの頃両親がいない不安は魔法のように柔らかな温もりへと変わった。

それに……。

「美桜ちゃん、航大ね、今、航空会社で働いているの。羽田でもうろうろしているはずだから、美桜ちゃんの職場が羽田空港だって聞いてお母さんと盛り上がってね、ちょうどいいからみんなで一緒に食事しようってことになったのよ」

弾むようにおばさんが振り仰いだ視線の先には、背の高い男性がこちらを見下ろしている。

けれど美桜は、彼をまともに見ることができなかった。

(ど、どうして……)

まさか。いったいどうして。何故彼がここにいるのだろう。

(それに航大さん、どうしておばさんと一緒にいるの?)

数えきれないクエスチョンマークで埋め尽くされていく美桜の目の前で、彼の黒い瞳がこちらに向けられているのをひしひしと感じる。

美桜は高鳴る胸を抑えつつ、上目遣いで怖々と彼に視線を向けた。

航大は上質な黒のシャドウストライプの三つ揃えに、薄いグレーのシャツとシルバーストライプのネクタイを合わせたスタイリッシュな姿だ。

冴え冴えとした大人の色香を感じさせるコーディネイトは、彼のシャープな男らしさを余すところなく際立たせている。

きちんとセットされた艶やかな黒髪が縁取る秀麗な額と凛々しい眉。スッと通った男らしい鼻梁に形のいい唇。

そして何より印象的な彼の切れ長の瞳が、今日はまるで荒々しい獣のように鋭い光を宿している。

空港で見る彼とは違う華やかな男の色気に、美桜の視線はあっけなく攫《さら》われてしまう。

いや、美桜だけではない。

さっきからレストランを出入りする女性たちの熱い視線が、とめどなく彼に注がれているのを感じる。

(でも……どうして……何で……?)

瞬きも忘れて呆《ほう》けたように航大を見つめる美桜に、彼はしばらく黙ったまま強い視線を向けていたが、やがてふっと微かに目を細めた。

美桜にしか分からないアイコンタクト。

ただそれだけで、訳も分からず美桜の頬が一瞬で赤く染まる。

「母さん、おばさんもとにかく店に入りましょう。積もる話は食事しながら、ゆっくりすればいい」

「そうね。杉本さん、行きましょう」

おばさんは美桜と彼に交互に視線を向けると、笑顔で母の肩を抱いて店に入っていく。

ふたり置き去りにされた美桜は、ひどく混乱したまま怖々と彼を見上げた。

（嘘……これって、もしかして夢？）

美桜は試しに目をぎゅっとつぶってみたが、ぱちりと開いた視線の先の光景は、寸分たがわずさっきと同じままだ。

幻などではない。美桜の目の前にはここにいるはずのない男性が、覚えのある漆黒の瞳を少し緩めて美桜に向けている。

「野口さん……」

喉の奥から、何とか彼の名を吐き出してみる。

何がどうなっているのか、まったく分からない。

どうしてここに彼がいるのだろう。

呆然とする美桜に向かって、航大が首を傾げて悪戯っぽく笑う。

「このフレンチは結構イケる。だからまずは食事を楽しもう」


航大の言った通り、人気店だというこの店のフレンチはたいそう美味しかった。

味だけではなく見た目も完璧で、前菜から一皿ごとに趣向を凝らした至極の一品に、母もおばさんも嬉しそうに小さな歓声をあげてはスマートフォンで撮影している。

美味しい料理に舌鼓を打ち、合間におしゃべりに花を咲かせてとふたりとも本当に楽しそうだ。

美桜もそんなふたりに笑顔で相槌を打っていたものの、内心ではぐるぐると頭を巡る様々な疑問に、料理を楽しむどころではなかった。

一方の航大は母たちの会話に割り込むでもなく、ただ穏やかな笑みを浮かべて食事を進めるのみだ。

時々彼の方を盗み見るよう視線を向けてみても、素知らぬ顔で逸らされてしまう。

やがてすべての料理を終えて最後に色とりどりのスイーツが乗せられたアシェット・デセールがテーブルに運ばれてくると、ようやくひと心地ついた母とおばさんに向かって、航大がおもむろに口を開いた。

「母さん、おばさんも今日は本当にありがとうございます。……特におばさんには、お会いできて本当によかった」

航大の改まった様子に、母もおばさんも撮影を中断してスマートフォンをテーブルに置く。

不思議そうなふたりの視線を受け、航大は短い息を吐いて居住まいを正した。

「おふたりは今日が僕と美桜さんの久しぶりの再会だと思っていらっしゃるでしょうが、実は違います」

「えっ、航大、それは本当なの？」

「はい。僕らは美桜さんの勤めるカフェで頻繁に顔を合わせ、言葉を交わす間柄です」

航大はそう告げると、首を少し傾げて美桜に視線を向ける。

とろみのある眼差しに物言いたげに見つめられ、それだけで美桜の心拍数は上がってしまう。

みるみる顔を赤くする美桜に、母が驚いたような視線を向けた。

「美桜、本当なの？」

目を丸くしてこちらを見つめる母に向かってこくりと頷き、美桜は大きく深呼吸して口を開く。

「よくお店に来て頂いて、お世話になってるの。でも私、まさか野口さんがお兄ちゃんだなんて……」

そもそも、彼はどうして野口と名乗っているのだろう。

母はおばさんのことを〝蒼井さん〟と呼んでいる。

美桜の知っているお兄ちゃんの苗字も〝蒼井〟だ。

だから美桜は、野口と名乗った航大のことをお兄ちゃんじゃないと思い込んでいた。

（でも……お兄ちゃんの名前って何だったっけ）

よくよく考えれば、美桜はお兄ちゃんの名前を覚えていない。

家でも、おばさんがお兄ちゃんの名前を呼ぶことは滅多になかった気がする。

（私、どうして名前を呼ばずにお兄ちゃんって呼んでたのかな）

遠い記憶の糸を辿《たど》ると、美桜の脳裏にうっすらと当時のことが蘇ってくる。

そういえば、おばさんがお兄ちゃんの名前をちゃんづけで呼んで、お兄ちゃんが凄く不機嫌になったことが何度かあった。

今思えば思春期の難しい時期だったのだろうが、普段優しいお兄ちゃんがおばさんに苛立った声をあげたことが、まだ幼かった美桜にはとてもショックだったことを覚えている。

確かそれ以来、美桜が彼の名前を呼ぶことはなかったが……確かコウちゃんとかゴウちゃんとか、おばさんが呼んでいたのはそんな名前だったような気がする。

美桜が眉間にしわを寄せて黙り込んでしまうと、航大は優しい笑みを浮かべて席から立ち上がり、美桜の傍に歩み寄った。

目線のすぐ先に端整な顔が迫り、強い眼差しが美桜を捉える。

「ごめん。俺が野口だなんて名乗るから、混乱させたよな。でも今はこれが本名なんだ。高校三年の時に両親が離婚して、俺は母についていったから」

「えっ……」

驚く母と私に、今度はおばさんがばつが悪そうに苦笑する。

「そうなの。杉本さんたちには言えなかったんだけど、実はあの引っ越しのタイミングで主人と別れてね。野口は私の旧姓なの。航大には元のままでもいいよって言ったんだけど、あの頃はこの子も意地になってて」

あっけらかんと笑うおばさんに、美桜も母もおろおろと言葉を失う。

思わず泣きそうになってしまった美桜の頭に、航大がポンポンと大きな手のひらを乗せた。

その無骨な優しさが、あの日のお兄ちゃんに重なる。

(やっぱり、この人はお兄ちゃんだ。あの時の予感は、間違ってなかった)

初めて空港ですれ違った時のことを思い出し、美桜の胸が感動でいっぱいになっていく。

「ごめんなさい。私、全然知らなくて」

美桜が初恋の人との再会に瞳を潤ませていると、隣に座った母が申し訳なさそうにおばさんに頭を下げている。

「謝らないで。私が言わなかったんだから、知らなくて当たり前よ。何年かに一度お電話する時だって、どう説明したらいいのか分からなくて、私、蒼井って名乗っていたし」

「そうなの？　それは母さんが悪い。そんなことしたら、おばさんも美桜も戸惑うだろう」

母親の言葉に、航大が呆《あき》れたようにため息をついた。

そして美桜の目をじっと見つめた後、今度は美桜の母に向かって深々と頭を下げる。

「おばさん、母の非礼を許してください。こんなぶしつけな親子ですが、今日のこの食事会のもうひとつの意味はまだ有効ですか。今日は縁のない年頃の娘と息子を引き合わせる会……つまりはお見合いだと母から聞いているんですが」

「えっ」

驚いて目を見開く母に、航大がまっすぐな視線を向けた。

一分の揺らぎも迷いもない、雄々しく真剣な眼差しに、美桜はただ目を奪われる。

「この会の趣旨が有効なら、僕とお嬢さん——美桜さんとのお付き合いを認めて頂きたく思っています。もちろん、結婚を前提にして」

（け、結婚……？）

突然の航大の爆弾発言に美桜は目を見開き、口をポカンと開けたまま固まってしまう。

同じくふたりの母親も航大の唐突すぎる発言にしばらく呆然としていたが、やがてどちらからともなく手を取り合い、互いに視線を交わしながらじわじわと笑みを浮かび上がらせていく。

「つきましてはこの後、美桜とふたりで少し話をしたいのですが、構わないですか。せっかくおふたりに来て頂いたのに、こんなことを言って申し訳ありません」

ひたむきな眼差しに懇願の色を浮かべ、航大は母たちふたりを交互に見つめながら真摯《しんし》に頭を下げる。

その凛々しい姿に、母とおばさんが満足げに頷いている。

「えぇぇ、それはもちろん……航大さん、美桜のことをよろしくお願いしますね」

「そうね、そうね。あとは若いふたりで……美桜ちゃん、近いうちにまた会いましょうね」

ニコニコと手を振りながら、手早く帰り支度を済ませた母たちが席を立つ。

残された美桜は、ぼんやりと頬を染めたまま、航大の顔を見上げることしかできないのだった。

公園のベンチからは、海の向こうに浮かぶ羽田空港の夜景がよく見える。

美桜は心地よい潮風に吹かれながら、きらきらと輝く空港の灯りを見つめていた。

「美桜、寒くない？」

夏の気配が感じられる気候とはいえ、夜風はまだひやりと肌を刺す。

上着を持っていない美桜の身体に、航大は自身のスーツの上着をそっと羽織らせてくれる。

「あ……ありがとうございます」

「美桜、明日も仕事だろ。もう少ししたら送っていくから」

航大はそう言うと、少し離れて座った美桜との距離をじわりと詰める。

結果的に肩が触れ合う形になり、美桜の胸の鼓動がドキリと大きく跳ねた。

（き、緊張する……）

平日の夜ということもあり、辺りには美桜たち以外、誰もいない。

夜の帳《とばり》がすべてを覆い隠す暗闇の中、触れ合ったわずかな肩先が、美桜に強烈に航大の存在を意識させる。

いや、意識しているのはきっと美桜だけではないのだろう。

その証拠に、さっきからまるで口を開かない航大の身体も、硬く張りつめているように感じられる。

あまりの息苦しさに思わず彼から離れようと身じろぎすると、スッと伸びてきた腕が美桜の肩に回った。

力強い腕が美桜を引き寄せ、逞しい胸に閉じ込められてしまう。

「……どうして逃げるの？　そんなに俺の傍にいるのがいやとか？」

「そ、そんなわけじゃ……」

「それじゃ、こうしてろよ。……ちょっと寒いし」

美桜の耳元で、航大が拗《す》ねたように言った。

いつもの完璧な彼とはまるで違う、甘さとほんの少しの強引さを含んだ声色に、美桜の心がきゅんと疼く。

「さ、寒いですか。ごめんなさい、私が上着を借りちゃってるから……」

慌てて上着を返そうと身体を捩ると、まるで封じ込めるように航大の力強い腕に抱き締められてしまった。

百五十六センチと小柄な美桜の身体は、背の高い航大の大きな身体に包み込まれるような格好だ。

「の、野口さん……」

生まれてから今まで彼氏などいたことのない美桜にとって、男性とこんなに密着したのは初めてのことだ。

バクバクと心臓が破裂しそうなほどに鼓動を刻んだが、美桜にとってそれは決していやな感覚ではなかった。

確かに息ができないほどに緊張はするが、同時にそれは甘く切ない気持ちで美桜をいっぱいにさせる。

この感情の正体が美桜にはまだ分からないが、少なくとも誰が自分にこの感情を与えているのかは分かっている。

美桜はごく近くに彼の吐息と体温を感じながら、夜の海に浮かび上がる羽田空港の灯りがちらちらと揺れ動くのを、じっと見つめていた。

いったいどれくらいそうしていたのだろう。

美桜を包み込んでいた航大の腕がふいに緩んで、美桜ははっとして顔を上げた。

視線の先では、暗闇でも煌めいて見える航大の漆黒の瞳がまっすぐに自分を捉えている。

「そろそろ送っていく。明日も早いんだろ」

「明日は遅番だからお昼からなんです。野口さんは……」

「今日と明日は休みだ。明後日から沖縄と福岡だから家にはしばらく帰れないけど、羽田には戻るから美桜のカフェラテは飲めるよ」

（こ、航大さん、また、〝美桜〟って呼んだ……？）

さりげなく呼ばれる名前すら嬉しくて、胸がいっぱいになってしまう。

美桜がささやかな幸せを噛み締めていると、航大は美桜の頭に自分の頭をこつんとぶつけてきた。

そしてため息交じりの低い声で、呟くように言う。

「まったく、美桜はまるで気づいてくれないんだもんな。俺は最初から気づいてたっていうのに」

「えっ」

「初めて空港ですれ違った時のこと覚えてる？　俺はフライト帰りで、高梨キャプテンと一緒にオフィスに戻るところだった」

航大はそう言うと、美桜の頬に手を添えて顔を覗き込んだ。

すぐ近くに迫る黒い瞳が、美桜の身体を魔法のように搦《から》めとってしまう。

息をすることも忘れて、美桜はその漆黒の煌めきを見つめた。

ずっと前から知っている、憧れの人のきれいな瞳。

「すれ違った時、俺のことをずっと見ていただろう。だから最初は、美桜も俺に気づいてくれたんだって思ってた。カフェの制服を着てたから空港内の店だろうって見当をつけて、やっと突き止めたと思ったらもう関谷に入り浸られてて……なぁ、関谷とは何も関係ないの？」

「関谷さん？」

「ああ。もしかして、付き合ってるとか……」

思いもよらない航大の言葉に、美桜は思わず頬に添えられた彼の手に自分の手を重ねる。

「関谷さんは大切なお客様です。でもプライベートでお会いしたこともないですし、もちろんこれからお会いすることもありません」

「本当だな？」

「はい。本当です」

美桜にとって関谷は、初めてできた常連のお客様だ。

真子のようなバリスタを目指す美桜を応援してくれる関谷にはもちろん感謝しているが、航大が言うような男女の関係では決してない。もちろん、関谷の方だってそうだろう。

美桜の言葉に、航大はほっとしたようにため息をついて彼女から身体を離した。

そして手のひらを口に当てると、美桜の視線を避けるように顔を背ける。

「……よかった」

「えっ」

「いや……実はあいつに先を越されているんじゃないかって、気が気じゃなかった。でも……

違ってたんだな」

航大はそう呟くと、今度は真剣な表情で真正面から美桜を見つめた。

何かを心に決めたような、強い視線だった。

「美桜、改めて言うけど、俺がさっき言ったことは全部本気だから」

「さっき言ったことって……」

「美桜のお母さんとうちの母親の前で言ったこと。美桜と結婚を前提に付き合いたいって言ったことだ」

航大はそう言い放つと、美桜の肩にかけた指先にぐっと力を込める。

「最初にすれ違ってカフェで再会した時から……いやそれ以前から、美桜は俺にとって特別な存在だったんだ。美桜と一緒にいたあの頃、俺はパイロットになる夢をあきらめかけていた。でもまだほんの小さな女の子だった美桜が、俺の心を奮い立たせてくれたんだ。そしてカフェのバリスタになるって夢を叶えて、また思い描いていた未来のままの姿で俺の目の前に現れた。まるで奇跡みたいに再会して、あの頃とまるで変わらない純粋でひたむきな姿が眩しくて……いつの間にか美桜のことが頭から離れなくなっていた」

何の飾りもない、まっすぐな言葉。

嘘偽りのない航大の言葉に、胸がいっぱいになる。

頭から離れなかったのは美桜も同じだ。

美桜だって最初に会った時から、彼がお兄ちゃんだと確信していた。

目と目が合った時から、まるで星が流れたように彼との縁を感じていた。

「私も……最初に空港ですれ違った時から、きっとお兄ちゃんだって思ってた」

「美桜……」

「でも関谷さんたちとカフェに来てくれた時、野口さんだって聞いたから……私が知っていたお兄ちゃんの苗字じゃなかったから、違うと思ったの」

美桜の言葉に、航大が苦しげに目を細めた。

そして美桜の小さな身体をそっと引き寄せ、優しく抱き締めてくれる。

「両親が離婚したのは父の不貞が原因だった。俺たちが事実を知った時には、もう子どもまでいたんだ。今だからこうして話せるけど、当時は俺も母も現実を受け止めきれなくて……俺も母もバカみたいに父を信頼していたから。だから……ごめん、カフェで会った時に本当のことを言えなくて」

航大の言葉に、美桜は堪らなくなって彼の大きな身体をぎゅっと抱き締め返した。

美桜の小さな手では航大の広い背中を抱き締め切れないが、それでも美桜は腕に渾身の力を込める。

そうせずにはいられない彼への愛しさが、美桜の心の中に溢れ出して止まらなかった。

突然の美桜の抱擁に航大は一瞬その大きな身体を震わせたが、やがてその華奢な腕にゆっくりと身体を預けていく。

お互い抱き締めているのに、抱き締められている。

不思議な多幸感を共有し合い、美桜と航大は互いを抱き締める腕に力を込めた。

そしてどちらからともなく、唇を重ねる。

さっきまでは冷たく感じた潮風が、情熱に火照《ほて》るふたりの身体を心地よく撫でていくのだった。

旦那様との幸福な生活

美桜は背後から施される航大の優しい指先に肌をなぶられながら、ふたりを受け止めるベッドの肌触りのいいリネンにそっと手のひらを滑らせる。

そしてひやりとした上質な手触りとは裏腹な、素肌に触れる彼の熱い体温を堪らなく幸福な気持ちで感じていた。

（あの日からまだ二か月しかたっていないなんて、本当に信じられない……）

美桜は彼の愛撫をうっとりと受けながら、二人で羽田空港の灯りを眺めた夜を思い出す。

航大と初めて口づけを交わしたあの日、美桜は航大のマンションへと連れ去られ彼と身体を重ねた。

もちろん美桜にとっては初めての異性との交わりで恐れもあったが、航大の優しい唇と指先で、この上もなく幸福な時間を過ごすことができた。

この人にならすべてを委《ゆだ》ねられるという根拠のない安心感が、美桜にはあったのだ。

それからの日々はあっという間だった。

航大が宣言したように〝結婚を前提に〟交際を始めたふたりは、二週間もしないうちに航大のマンションで一緒に暮らし始め、その一週間後には美桜の実家で両家との食事会、さらにその一週間後にはもう、二人揃って婚姻届を出して晴れて夫婦となった。

入籍してまだ一か月ほどだが、愛に溢れた航大との暮らしは幸せすぎて、もう美桜にはひとりで暮らしていた日々のことが思い出せないほどだ。

（私、本当に幸せ者だ）

美桜は空港で航大と初めて再会した日のことを、また思い出す。

彼の黒くミステリアスな眼差しに見つめられた時、その一瞬がまるで過去から未来へ続く永遠のように感じられた。

ずっと待ち望んでいた人に出会えたような、根拠のない確信が美桜を貫いたのだ。

時には夢見がちな自分を愚かだと思った日もあったが、今ではそのすべてが現実のものとなり、美桜は自分に与えられた幸福に感謝せずにはいられない。

幸せすぎて、もはや怖いくらいだ。

「……こら。俺がこうやって必死に誘ってるのに、美桜は何ぼんやりしてるんだ？」

背後から少し拗ねたような声が聞こえて、美桜はクスリと笑みを漏らした。

ぼんやりなんてしてないのに。

美桜が考えているのは、いつだって航大のことばかりなのに。

するとその瞬間、腕枕されていた手にぐっと引き寄せられ、あっという間に組み伏せられてしまう。

真上から美桜を見下ろす黒い瞳が、甘くなじるように美桜をじっと見つめている。

「笑うなんてひどいな。俺はこんなに必死なのに」

「笑ってなんか……」

「いいや。こんなに一途《いちず》な夫の純情を笑うなんて許せない。そんな悪い妻にはお仕置きだ」

航大はそう告げると、すぐに美桜に唇を重ねてきた。

強引な言葉とは裏腹な、優しい、慈しむようなキス。

航大は何度か表面をかすめるようなキスを落とすと、美桜にぐっと深く入り込む。

航大の熱に押されてうっすらと開いた美桜の唇の隙間から、分厚く柔らかな舌が入り込み、美桜のそれに狡猾に絡みつく。

「んっ……ん……ふ……」

航大は思う存分美桜の舌を味わうと、今度は腔内にその舌先を這《は》わせ始めた。

丹念に歯列をなぞると、ざらついた舌で上顎や下顎を舐め、最後にはまた柔らかな舌を絡め合う。

気持ちのいい粘膜をこすり合わせるキスに美桜が甘ったるい息をこぼすと、航大の舌はさらに獰猛に美桜の小さな口の中で暴れまわる。

どちらのものか分からない唾液が美桜の唇の端からつっと流れ、くちゅくちゅと淫猥《いんわい》な水音が密やかな夫婦の寝室にみだらに響く。

やがて航大はちゅっと音をさせて美桜から唇を離すと、唇が触れるか触れないかの近い距離から、じっと美桜を見つめた。

「まだ足りないみたいだ。昨夜、あんなに抱いたのに」

航大の囁きに、美桜の身体の奥がきゅんと疼く。

美桜だってそうだ。

昨夜あんなに何度も愛されたのに、もう彼を欲しがっている。

美桜の心と身体が、航大が欲しいと悲鳴をあげている。

「……美桜、また抱いていい？」

低くかすれた声に、愛しさが込み上げる。

美桜は返事の代わりに航大の首に腕を絡めると、自分からそっと唇を押しつけた。

すると航大はまた美桜の唇をキスで塞ぎながら、器用にナイティのボタンを外していく。

胸元をすっかりはだけさせてしまうと、航大は身体を起こし、ワンピースタイプのナイティをするりと両肩から落として足先から引き抜いてしまった。

ナイトブラとショーツだけになってしまった美桜は、思わず胸元を隠すように自分を抱き締める。

航大はそんな美桜の腕を強引に解くと、頭の上でひとつにまとめてしまう。

「隠さないで、美桜」

「だって……」

昨夜は四日ぶりの逢瀬にカーテンを閉めるのも忘れて夢中で愛し合い、今、窓を覆っている寝室のカーテンはレースのそれだけだ。

ふたりの暮らすマンションは高層階だから外から見えることはないが、夜の帳が隠してくれた昨夜とは違って、部屋には燦々《さんさん》と朝陽が差し込んでふたりを明るく照らしている。

何もかも晒されているのが恥ずかしく、美桜は思わず彼から視線を逸らす。

「航大さん、このままじゃ……カーテンを……」

下着姿でもじもじと膝を合わせながら彼を見上げる美桜を片手で拘束したまま、航大は瞳を冷たく煌めかせながら見下ろしている。

「航大さん……お願い……」

「いや、このままがいい。美桜の顔が見たいから」

航大はそう美桜に告げると、美桜の身体に跨《またが》るように覆いかぶさってきた。

美桜の両手を解放し、自らも素早く身に着けているものを脱ぎ捨ててしまう。

朝陽を浴びて美桜を組み伏すその姿に、美桜は思わず目を瞠《みは》った。

すらりと細身に見えるけれど、航大の身体は思いのほか筋肉質だ。

ほどよく鍛えられた美しい裸体に、美桜の目は自然にくぎ付けになってしまう。

(こんな素敵な人が旦那様だなんて、本当に今でも信じられない)

うっとりと彼を見上げる美桜に、航大がちゅ、と触れるだけのキスを落とした。

続いて、美桜の胸を覆っていたナイトブラを頭からするりと引き抜いてしまう。

目の前で美桜の豊満な胸がたぷんと揺れ動くと、まるでそれが合図かのように航大がその頂《いただき》を口に含む。

「あっ……んんっ……」

昨夜散々愛された身体は敏感だ。

航大の柔らかな舌でほんの少し刺激を与えられただけで、美桜の身体に甘い疼きが広がっていく。

「あっ……ふ、ぁっ……」

航大は硬くした舌先で、美桜のしこった頂の側面を執拗に扱《しご》き上げている。

弱い部分を責められ、美桜の身体の奥からとろりとした蜜が溢れ出した。

硬く尖った胸の先端から、痺れるような快感が身体中に広がっていく。

「やっ……そんな、舐めちゃ……」

息も絶え絶えになりながら、美桜はいやいやをするように首を振った。

すると航大はさらに強く頂を吸い上げる。

さっきまでとは比べ物にならない強い快感が先端から広がり、美桜はぴんと身体を硬直させて細く甲高い声をあげて達した。

びくびくと身体を震わせてぐったりとベッドに沈み込む美桜を見届け、航大はようやく唇から先端を解放する。

ちゅっと音を立てて滑り落ちた柔らかなふくらみが、プルンと大きくたゆたう。

「胸だけでイッたの？　美桜は本当にここをいじられるのが好きだな」

航大はそう言って薄く笑うと、両方の手のひらで豊かなふくらみをそっと掴む。

そして指先に力を込め、さっきから弄《もてあそ》んでいた先端をぐっと押し上げた。

まるでさくらんぼのように色付くそれは、散々航大が与えた刺激でいやらしく立ち上がってしまっている。

おまけに彼の唾液でぬらぬらと濡れそぼち、淫猥この上ないありさまだ。

恥ずかしさのあまり美桜が目を逸らすと、航大はクスリと笑いながらまた小さな果実を口に含む。

「あっ……ンっ……」

待ち望んでいた刺激が与えられ、痛いほど張り詰めた先端がまた新たな疼きを身体中に広げていく。

航大は硬い尖りを舐めしゃぶりながら、今度はやわやわと柔らかな双丘を揉みしだき始めた。

無垢な淡雪のような白い肌がぐにゅぐにゅと形を変える度、航大の口に含まれた先端が動いて柔らかな粘膜に擦れてしまう。

「……あっ、……ンぁっ……やぁ……」

幾重にも押し寄せる快感に、美桜はひっきりなしに甘い声をあげてしまう。

身体の芯が痺れてとろりと蜜がこぼれ、お尻を伝って純白のシーツを濡らしていく。

航大は美桜の豊かな胸に顔を埋めると、また先端を口に含んで舌や歯でますます激しく彼女を追い立てていく。

舌で味わうように舐めてはじゅっと吸い上げ、舌先で突っついては歯を立てて甘噛みを施す。

執拗な責めに美桜が堪え切れないように背を反らすと、まるでねだるように突き出された胸にさらに激しくむしゃぶりつく。

じゅぶりと音を立てて激しく舐めしゃぶり、敏感な尖りに歯を立てて美桜を味わい尽くす。

「……あッ……」

はしたない声をあげて美桜がまた絶頂を迎えると、ようやく胸から唇を離した航大がまるでご褒美を与えるように優しいキスを落とした。

白くかすんだ視界にぼんやり映る航大は、愛おしくて堪らないといった表情で美桜を見つめている。

「いい子だ。たくさんイッたな。ご褒美に美桜がもっと好きなところをいじってあげる」

航大はそう囁くと、隣に横たわって腕枕で美桜を引き寄せた。

そして舌を絡めるみだらなキスで美桜の唇を塞ぎながら、ショーツの中へ長い指を忍び込ませる。

茂みをかき分けて芯を探し当てた指先は、すでに蜜を滴《したた》らせてぬるついていたそこをゆるゆると注意深く刺激していく。

「ンっ……ふっ……」

胸とは比べものにならない快感にビクンと身体が跳ね上がり、奥からまた蜜が溢れてくる。

突き破りそうなほど激しく波打つ心臓が、ごうごうと美桜の血潮を身体中に走らせている。

息ができないほどの愉悦が全身を襲い、酸素を求めて美桜は思わず首を振って航大の唇から逃れた。

航大はまた美桜の胸の先端を口に含む。ゆるゆると芯を撫でていた指はいつの間にか蜜を滴らせた足の隙間に添えられ、幾度かそこを往復した後つぷりと美桜の中に入り込む。

「あっ……」

美桜の細い繋ぎ目は、撥《は》ね返すことなく航大の指を締めつける。

昨夜散々彼を受け入れた身体は、まだ蕩《とろ》けそうに柔らかだ。それに、とめどなく溢れる蜜でこの上もなく潤っている。

「美桜の中、もうこんなになってる」

航大は美桜の中から指を引き抜くと、密やかに笑いながらしとどに濡れたそれを美桜の目の前にかざして見せた。

ぬらぬらと濡れる骨ばった指を直視できず、美桜はつっと顔を背けて唇を噛む。

航大の指を濡らしているのは、まぎれもなく自分の愛蜜だ。

昨夜あんなに愛してもらったのにもうこんなに欲しがっているなんて、はしたない娘だと彼に嫌われはしないだろうか。

顔を背けた美桜が羞恥にうるうると瞳を潤ませていると、首筋にさらさらした彼の髪が触れた。

続いて、首筋にキスの雨が降ってくる。

ちゅ、ちゅっと数えきれないほどのリップ音が耳元で響いた後、今度は頬や額、瞼にキスが舞い落ちる。

「恥ずかしがるな。美桜、俺だってもうとっくにこんなだ」

航大はそう囁くと、美桜の手をそっと自分の昂《たか》ぶりに添えさせる。

ハッとして手元に視線を落とすと、そこには火傷しそうなほどの情熱に滾《たぎ》った航大自身が、どくどくと脈打ちながら鎌首をもたげている。

恥ずかしさで頬を染めながらも、美桜は航大の燃える昂ぶりから目が離せない。

何より、こんなにも自分を求めてくれる航大に、身体の芯から喜びが溢れてくる。

「俺も一緒だから。……だからこうやって俺を欲しがってくれる美桜を感じられて、美桜と愛し合えて、死んでもいいくらい嬉しいし幸せだ」

「死ぬなんて、絶対ダメッ……」

航大の言葉を遮るよう、美桜は思わず身体を起こして彼に抱きついた。

こうして一緒に暮らして初めて理解できたことだが、航大が責任を担うパイロットという職業ははたで見るほど華やかな職業ではない。

昔と違って今はコンピューターで制御されているとはいえ、運行中の不測の事態のデリケートな判断は人間にしかできない。

乗客と航空機の命運を委ねられているパイロットは、一般人には想像できないほどのストレスとプレッシャーに常に晒されているのだ。

文字通り命を懸けて乗客を運ぶパイロットという仕事に誇りを持っている航大を、もちろん美桜も誇りに思っているが、航大が無事に空港に戻ってくるまで美桜は心配で堪らない。

彼を大切に思えば思うほど、自分の下に無事に戻るまで心配でならないのだ。

航大はしばらく胸に縋る美桜をぎゅっと抱き締めていたが、やがて彼女の両肩を掴んで身体を離すと、真剣な顔で言った。

「俺は美桜を置いて死んだりしない」

「航大さん……」

「美桜だけじゃない。俺を信じてくれる人たち……家族やクルーや、何より乗客の信頼を裏切ることは絶対にしない」

航大はそう言うと、美桜の頭をそっと撫でた。

温かな手の温もりが懐かしく、そして愛おしい。

美桜は航大の手をそっと握ると、引き寄せて頬を寄せた。

大切な人。大好きな人。どんな言葉でも足りない気がする美桜の宝物のような旦那様。

美桜はこの人と結婚できて……愛し合えてよかったと心から思うのだ。

航大は彼の大きな手に頬ずりする美桜の手を振り払うと、荒々しく肩をベッドに押しつけた。

マットレスに深く沈み込んだ美桜の上で、航大の黒い瞳が煌めいている。

「美桜、せっかくの休みだけど……今日はもう一日ベッドでもいい？」

「えっ……あっ……」

ドギマギと視線を彷徨《さまよ》わせる美桜に極上の笑みを落とし、航大がベッドに備え付けられた引き出しから小さなパッケージを取り出している。

そして器用な手つきで中身を取り出し、さっきより明らかに質量を増した自分自身にかぶせると、性急な仕草で美桜の中に入ってきた。

「あ……ンっ……」

男らしい腰骨がぐっと押しつけられ、美桜の幼気な隘路《あいろ》はあっという間に航大でいっぱいになる。

みちみちと隙間なく押し拡げられ、滴るほどに湛《たた》えていた蜜を太ももに吹きこぼしながら、美桜は身体の奥深くまで容赦なく突き上げられる。

もう何度もこうして繋がったはずなのに、こうやって航大が入ってくる瞬間、美桜はいつも泣きたい気持ちになるのだ。

幸福と喜びと、それとほんの少しの恐れと。

大切なものを手にすれば、同時に失うことの恐怖だって担うことになる。

航大と結婚して、美桜は愛することの本当の意味を知った気がする。

「……っ、美桜、いつもより狭いな」

ゆっくりと腰を揺らしながら、航大が切なげに息を吐く。

「どんどん敏感になる。……美桜、可愛いな」

航大は困ったように笑うと、美桜の唇にちゅっとキスを落とす。

「ふ、ンっ……あッ……」

昨夜は激しく突き上げられて獣のような声をあげてしまった美桜だが、今朝の航大の動きはいつもとは違ってずいぶん緩慢だ。

みっちりと埋められた屹立《きつりつ》が、美桜の内襞をじっくりこすり上げていく。

結婚してから散々抱かれているから、航大は美桜の身体の隅々まで知り尽くしているのだろう。

だから抱かれる度美桜はいつも嵐のような悦楽に翻弄されるのだが、航大とのセックスはそればかりでは終わらないのが常だ。

もちろん弱い部分を徹底的に責められて何度も絶頂に達してしまうのだが、それだけでは飽き足らず、また新たな快感の芽を植え付けられては声が嗄《か》れてしまうほど鳴かされてしまう。

心臓がいくつあっても足りないと、美桜は航大と身体を重ねる度に思ってしまう。

航大はしばらくゆっくり律動を続けた後、最後に強く腰を打ちつけて美桜の中に深く自身を埋め込んだ。

あっけなく果てた美桜は、びくびくと身体を揺らして中に航大を抱きかかえたまま蜜道を収縮させる。

「……そんなに狭くしないで、美桜」

航大は眉根を寄せて笑うと美桜の足を両方に大きく開き、ぴったりと身体を押しつけながら今度はゆったりと腰を回し始めた。

ぐるんとグラインドされていつもとは違う場所を擦られ、甘く痺れるような新たな快感が美桜の内壁から広がっていく。

「あ……ンんっ……あぁっ……」

もどかしいほどの緩慢な動きに、美桜の蜜道は甘い疼きでいっぱいになってしまう。

さざ波のように押し寄せる微かな疼きを幾度も与えられ、美桜はもっと大きな刺激が欲しくて堪らなくなる。

自然に腰が揺れ、航大の腰の動きと重なって、くちゅくちゅと恥ずかしい水音が部屋に響き渡る。

「美桜、腰が動いてる。もっと欲しい?」

「やぁっ……」

恥ずかしさに首を振ると、ねっとりしたキスを与えられた。

情欲を煽《あお》るみだらなキスに、美桜の疼きはますます激しくなっていく。

意志とは裏腹にゆらゆらと身体が揺れ、まるでねだるように航大の腰に自分の腰を押しつけてしまう。

すると美桜を見下ろす航大の眼差しに情欲の焔《ほのお》が仄暗く灯った。そして硬く尖り切った屹立をずるりと美桜から引き抜くと、美桜の身体をくるりとうつぶせにする。

逞しい腕が美桜の腰を持ち上げ、驚いた美桜が両腕をついて身体を持ち上げた時にはもう、背後から航大が押し入っていた。

「……あ、あっ……!」

奇しくも四つん這いのような格好になった美桜に、背後から航大が激しく腰を打ちつける。

こんな形で愛し合ったのは初めてだったが、散々焦らされた身体にようやく与えられた強い刺激は、美桜に経験したことのない愉悦を運んでくる。

「あッ、あッ、ああっ、やぁっ……」

快感に背を反らせた美桜のむちむちとしたお尻を、航大が両方の手で鷲掴みにしている。強い力でぎゅっと掴まれ、引き寄せられて、肌と肌がぶつかる音がやけに大きく響いた。

脳天を突き破るような強烈な悦楽。

経験したことのない強い快感を打ちつけられ、美桜は急に怖くなる。

航大の顔が見えない。

美桜は荒れ狂う嵐の大海に、ひとり小さな船で放り出されたような錯覚に陥る。

「やっ、あっ、ンっ、こ、だい……さ……」

快楽の濁流に流されながら必死で彼の名を呼ぶと、すぐに背中を温かな体温が覆い、うなじに熱い吐息が掛けられる。

航大の気配を感じて美桜が顔を向けると、顔を寄せた彼が荒々しく唇を重ねてきた。

互いの存在を確かめ、舌を絡め合って繋がると、リズミカルに打ちつけられていた航大の楔はさらに激しく美桜を突き上げる。

「ああっ、んっ、あ、ん、あッ……」

今まで経験したことのない奥の奥まで抉《えぐ》られ、我を失うほどの激しい疼きが美桜を襲う。

それでも、こうして航大に包み込まれていれば怖いものはない。

何より、こうして彼に愛され快感を共有できる幸福に、美桜はうっとりと身を委ねる。

「美桜……美桜……好きだ」

美桜から唇を離した航大が、熱い吐息を漏らしながら甘く囁いた。

そして弓なりに反らした美桜の背筋に、激しいキスの雨を降らせる。

研ぎ澄まされて敏感になった肌が、彼のキスを受けてざわざわと小さな悦楽の輪をそこここに広げていく。

頭のてっぺんからつま先まで激しい疼きが駆け巡り、美桜の身体の細胞のひとつひとつに印をつけていく。

航大の色へと、塗り替えていく。

美桜に打ちつけられる航大の情熱。そして背中に無数に落ちるキスの愛撫で急速に高まった波が、あっと思う間もなく美桜を攫った。

「あぁ……っ」

大きく背を反らしびくびくと身体を震わせる美桜に、航大が噛みつくようなキスを落とす。

そして休む間もなく、さらに強く美桜の奥を突き始めた。

激しく舌を絡めながら腰を揺らし、美桜の官能に新たな芽を植えつける。

身体を強く揺さぶられ、美桜の豊かな胸がたぷたぷと揺れ動くと、航大の大きな手のひらがふくらみを掬《すく》い上げてやわやわともみしだく。

その刺激に美桜がひときわ大きな鳴き声をあげると、航大は今度は彼女の耳に舌を這わせた。耳殻を口に含んで舌で丹念に愛撫すると、耳孔に舌先をぐにぐにと差し入れる。

ぴちゃぴちゃというくぐもった水音が美桜の鼓膜に官能的に響き、そのあまりのいやらしさにそれだけで身体の奥が痺れるように熱くなった。

胸のふくらみを弄んでいたはずの指先はいつの間にか尖り切った先端をつまみ上げ、意地悪をするようにきゅっと敏感な粒をひねり上げる。

「くっ……ふぅ……」

赤く熟しきった粒に強い刺激を加えられ、航大を飲み込んだままの美桜の中がきゅっと収縮した。

「……美桜はここをいじられるのが本当に好きだな」

航大はリズミカルな抽送を続けながら、また淡い先端をきゅっとつまみ上げる。

もうとっくにとろとろに蕩けている美桜の中から、新たな刺激でまた蜜が溢れ出した。

航大のものが行き来する度粘液が蜜口から太ももへつっと垂れて、しとどにシーツを濡らしていく。

「美桜、今日は凄く濡れてる。そんなに気持ちいい?」

「やぁ……っ」

「恥ずかしがらなくていい。美桜が気持ちいいと俺もいいんだ。……ほら、分かるだろう」

航大はそう囁くと、今度は美桜の足の間の粒をゆるゆると撫でながらうなじにキスの雨を降らせる。

甘い衝撃に、脳天を貫くような痺れが走った。

背筋を弓なりに反らして美桜がびくびくと収縮すると、中にいる航大もどくどくと打ち震える。

「くっ……」

経験したことのない強烈な快感に気を失いそうになっていた美桜の鼓膜に、航大の熱っぽい吐息が降りかかる。

（……私が気持ちいいと、本当に航大さんも気持ちいいんだ）

この快感を航大と共有できるなら、美桜にとってそれ以上の喜びはない。

それに普段は冷静さを失わない航大が愛し合う時に見せる凄絶に魅力的な姿だって、妻である美桜だけのものだ。

この上もない喜びの思いに震えながら、美桜の官能はさらに高まっていく。

「……っ……美桜の中……凄くいい……」

航大は呻《うめ》くように囁くと、まだ彼を締めつけて離さない美桜の中から自身をずるりと引き抜いた。

そして大切そうに美桜を抱きかかえると、仰向けに寝かせる。

彼に触れていたくて美桜が手を伸ばすと、航大はそのまま覆いかぶさって美桜をぎゅっと抱き締めてくれた。

(航大さん……)

ずしりとした航大の身体の重みが胸に掛かり、それだけで美桜は泣きそうになってしまう。

彼の存在が、こうして愛し合えることが嬉しくて、幸せで堪らなくなる。

幸せすぎて怖いとすら、美桜は思ってしまうのだ。

航大はまたキスを落としながら、腰を揺らしてまだ硬く猛り切った屹立を柔らかな粘膜に突き入れた。

欲しくて堪らなかったものが細い繋ぎ目を押し拡げ、美桜の中がいっぱいになる。

「あ……ン……」

快感に痺れる美桜の最奥《さいおう》を、甘い凶器が抉り取るように擦り上げる。

身体の深部を突き上げられるような衝撃に白く豊かな胸がぷるんと揺れ、待ち望んでいた刺激に美桜の腰も甘く揺れ始める。

「やぁん……あっ……んっ……」

振り切れるような快感を与えられているのに、もっと欲しくて堪らない。

美桜が無意識に腰を揺らして航大の腰に身体を擦りつけると、航大は茂みをかき分けて美桜の芽芯に指先を忍ばせる。

ゆるゆると撫でられてぎゅっと親指の腹で圧し潰されると、強い快感がまた美桜の背筋を這い上がった。

甲高い声で鳴き、美桜はいやいやをするように頭を振る。

「あっ、また……っ……やぁっ、いやぁ……っ」

美桜の身体を抱き締めていた航大がゆらりと身体を起こした。

そして美桜の太ももをぎゅっと掴むと、最奥の航大しか知らない美桜の弱い部分を硬い切っ先で何度も何度も突き上げる。

「美桜、イケよ。俺も……」

強烈な快感を生み出すその部分を執拗に抉られると、頭の奥が弾けて美桜は何も考えられなくなってしまう。

まだ夫婦となって日が浅い新妻には激しすぎる悦楽に、美桜は身体を痙攣させながら悲鳴のような嬌声をあげた。

「やぁあああ」

さらに何度か弱い部分を抉られた途端、美桜の隘路が引き絞られるように戦慄《わなな》いた。

これまで経験した絶頂とは比べ物にならない凄まじい快感が美桜を貫き、身体が弓なりに反り返る。

航大は逞しい腕で美桜を抱きとめながら激しい抽送を繰り返していたが、やがて最後に強く美桜を揺さぶると身体の動きを止め、ぶるりと腰を震わせた。

「……っ」

内部で航大が熱を放ち、びくびくと脈打っている。

眉根を寄せた愛しい夫のしっとりと汗で濡れた肌が、ずしりと美桜の裸の胸に重なった。

胸に触れる髪に、美桜は思わず指を差し入れる。

顔を上げた航大の眼差しが美桜を捉え、吸い寄せられるように唇が重なった。

柔らかな舌を激しく絡め、互いの存在を確認し合う。

「美桜……好きだ」

触れ合った肌から、航大の力強い拍動が伝わってくる。

まだ収まりそうもない心臓の鼓動を持て余しながら、美桜は航大にまた口づけをねだった。

何度も、何度も。

航大の汗も熱も鼓動も、何もかもが愛しい。

「航大さんが好き。……大好き」

キスの合間に告げた美桜の言葉に、航大が笑った。

ミステリアスな黒い瞳がとろみを帯び、仄暗い炎がまた灯る。

「美桜、そんなに煽ると、休日はずっとベッドで過ごすことになるぞ」

「えっ……でもせっかくのお休みだから、ちょっとは外へ……んんっ」

焦る美桜に悪戯っぽい笑みを浮かべ、旦那様はまた新妻を愛でるのに夢中になるのだった。

ガトーショコラは秘密の味

休み明け、カフェに出勤すると、店ではすでに真子が開店準備をしている最中だった。

美桜はバックヤードで手早く制服に着替えると、航大が買ってきてくれたお土産を持って真子の下へ急ぐ。

「お休みを頂いて申し訳ありませんでした。これ、航大さんが真子さんにって」

ぺこりと頭を下げながら美桜が紙袋を手渡すと、真子が恐縮したように言う。

「そんな……正当な権利なんだから気を遣わなくていいのよ。私だって母のことで迷惑をかけているんだし」

「でも、航大さんがこうして一緒にいられるのは真子さんのお陰だから是非って」

美桜の言葉に、真子がにんまりと笑みを浮かべた。

「それじゃ、遠慮なく頂こうかな。これ、母が好きなの。野口さんにごちそう様って伝えておいてね。あ、お土産だけじゃなくてお惚気《のろけ》も含めて」

受け取った明太子と名古屋コーチンをバックヤードの冷蔵庫にしまいながら、真子がにやにやして言う。

「野口さんって、ほんと美桜ちゃんにベタぼれだよね。もう、仕事以外は一時たりとも離れたくないって感じ。まぁ、電撃婚するくらいなんだから、当たり前だけど」

真子の鋭い指摘に、美桜の顔がかっと赤くなる。

彼女の言う通り、結婚してからの航大はとにかく甘い旦那様だ。

今回の二日間の休日だって、結局一昨日の朝彼に告げられた通りほぼベッドで過ごす羽目になってしまった。

というか、航大と結婚してからは、用事がある日以外の休日はほぼこんな感じだ。

共働きということもあって、毎日買い物をしなくとも困らないようにはしてあるが、いくら何でも少し行きすぎではないかと美桜は少々困っている。

「まぁ、新婚なんだし、いいんじゃないの」

困り顔で顔を赤くする美桜に、真子がからりと笑った。そしてフロアの掃除を始めた美桜の隣で、テーブルを拭きながら言う。

「でも野口さん、関谷さんたちにはいつ報告するの？　実は私、昨日も関谷さんに『美桜ちゃんの旦那さんに会ったことはあるのか』とか聞かれちゃって。知らないって答えたけど、何か気まずかったなぁ」

ため息をつきながら言う真子に、美桜はモップを動かす手を止める。

「真子さん……すみません。ご迷惑をおかけして」

「迷惑なんかじゃないのよ。それにいくら常連さんでも、私たちはプライベートなことは言わなくてもいいと思う。でも関谷さんは同期なのに、野口さんはどうして言わないのかな」

「それは……」

あっという間に燃え上がってしまった美桜と航大は、正式に式を挙げていない。

婚姻届を出した後、ホテルの小さな部屋を貸し切って家族だけのささやかな食事会を開いただけで、まだみんなに報告できる機会は持てていないのだ。

もちろん改めて結婚報告の場を設けるつもりではいるが、具体的に予定が立っているわけではない。

航大は自身の結婚の報告はしたようだが、相手が美桜だということを関谷たち同僚にまだ話していない。

知っているのは、所属するチームのキャプテンである機長の高梨や総務人事部など、ごく一部の人だけだ。

急な結婚だったから話しにくい気持ちは分かるが、真子の言うように美桜も隠し事をしているような気がしてどこか落ち着かない。

それで昨日も航大に聞いてみたのだが、やはりいつものように『いずれ時期を見て話すつもりだから』という返答だった。

「航大さんはいずれ時期を見て話すからって……でも、真子さんにまでご迷惑をおかけして本当にすみません」

美桜がまた頭を下げると、穏やかな笑顔を浮かべた真子が首を振る。

「謝らなくていいの。野口さんがそう言ってるなら、きっとお仕事の関係で私たちには分からない事情があるんじゃないかな」

「はい。……本当にすみません」

「分かった。何とかやり過ごしてみるね」

頭を下げる美桜の肩を、真子が優しく撫でてくれる。

胸をよぎるほんの少しの不安に、美桜は小さくため息をついてモップを持つ手を動かすのだった。


その日は空港のイベントが開催されていたこともあって忙しく、あっという間に時間が過ぎていった。

夕方近くなってようやく来店客も落ち着き、早番だった美桜と真子もヘルプで本店から来てくれた社員に仕事を引き継いで店を後にする。

「美桜ちゃん、お土産ありがとう。野口さんにもよろしくね」

「はい。お疲れ様でした」

「お疲れ様、また明日ね」

店の前で真子の後ろ姿を見送ると、美桜はひとつ上のフロアにあるコンビニへ向かう。

(次のお休みには、絶対航大さんと一緒にお出かけしてもらおう)

美桜と航大は確かにもう結婚した夫婦だが、真子が言った通り〝電撃婚〟だからデートらしいデートはまるで経験していない。

いわゆる恋人同士の期間をすっ飛ばしての結婚なのだから仕方ないが、美桜としては大好きな航大とまだまだやりたいことがたくさんある。

(まずは遊園地へ行ってみたいな。それに映画とかゲームセンターとか……大きな公園にお弁当を持っていくのもいいし)

空の玄関口ということもあり、空港のコンビニエンスストアには観光ガイドなどもたくさん置いてある。

まずはそれらを買って帰って、じっくり検討してみようというのが美桜の目論見だ。

今日から航大は三日間の現地ステイだから、時間はたっぷりある。

弾む足取りで美桜が上りのエスカレーターを降りると、目指すコンビニはすぐ目の前にあった。

店内に入ってまっすぐに書籍が並べられたコーナーへと向かうと、様々な種類のガイドブックが所狭しと並んでいるのが目に入る。

(たくさんあるなぁ……)

東京近郊の日帰りスポットから少し足を伸ばす小旅行まで、そこには目移りするほど豊富な数の冊子が並んでいる。

美桜はうきうきと気分を高揚させながら、〝日帰り温泉〟と銘打った一冊を手に取ってページをめくった。

(わぁ……)

庶民的な海女民宿から露天風呂付きの豪華な旅館の離れまで、ガイドブックには甲乙つけ難《がた》い魅力的な宿が写真付きでずらりと並んでいる。

ひとしきり悩んだ挙句、美桜は温泉やテーマパーク、それに郊外の公園などを紹介している数冊を購入し、ほくほくした気持ちで店を出た。

すると同じタイミングで店に入ってきた男性と、危うくぶつかりそうになってしまう。

「あっ、すみませ……」

同時に声を掛けたその男性の顔を見上げて、美桜ははっと息を呑む。

美桜の視線の先ではその相手——仕事着に身を包んだ関谷が、戸惑った顔で美桜を見つめているのだった。


「ごめん、美桜ちゃん、時間は大丈夫？」

自販機で買ってきたコーヒーを差し出しながら、遠慮がちに関谷が言う。

「少しだけなら……関谷さんは休憩中ですか」

「うん。今日は夜勤だから」

美桜が財布から取り出した小銭を差し出すと、関谷が首を振ってその手を押しとどめる。

「いいよ。俺が誘ったんだし」

「でも……」

「関係ない男に奢《おご》られたら旦那さんに叱られる？　これくらい、出させてくれよ」

ぎこちない笑みを浮かべる関谷に、美桜は何も言えなくなって手のひらの小銭をぎゅっと握り締めた。

自分から結婚について口にしたことはなかったが、関谷は美桜が左手の薬指に結婚指輪を嵌《は》めて出勤した初日にその存在に気づいた。

だからと言って関谷が態度を変えることはなかったが、その日を境に美桜が彼と顔を合わせることは目に見えて減っていった。

真子の話によると美桜のいない時間帯には今でも時々足を運んでくれるらしいが、そんな関谷の態度に、さすがにその手のことに疎《うと》い美桜にも何となく彼の気持ちが伝わってくる。

「美桜ちゃん、結婚したんだな。……俺、美桜ちゃんにはてっきり彼氏はいないんだと思ってた。だからいきなり結婚だなんて……もっと早く告白すりゃよかったな。一年もあったのに、いったい何してたんだか」

「関谷さん……」

「ごめん、これ、言っちゃいけないやつだよな。ストーカー行為ってやつか」

自嘲的に笑う関谷の言葉に、美桜の胸がずきりと痛んだ。

確かに美桜は彼に対して、カフェの常連客以上の気持ちを抱いたことはない。

けれど彼が大切なお客様であり、真子のようなバリスタになりたいという美桜の夢を応援してくれた人であることには違いないのだ。

「関谷さん、私……関谷さんがラテ・アートの練習をさせてくださったこと、本当に感謝しています」

美桜の言葉に、関谷のつぶらな瞳がふっと緩んだ。

がっしりした身体にごつごつした大きな手。

航大とはまるで違うが、関谷だって自分の仕事に誇りを持ち、ユーモアに溢れた魅力的な男性だ。

だからこそ美桜も心を開いたし、ときおり関谷がしてくれる飛行機の話が楽しくて仕方なかった。

「私、関谷さんのことを尊敬しています。……誰にでも優しくて社交的で、私には見習うことばっかりで」

苦し気な関谷の横顔を見つめながら、美桜の心に苦い後悔が広がる。

本当に自分は間違っていなかったのだろうか。

関谷に誤解させるような態度を取ってはいなかったか。

美桜の夢は真子のようにお客様に夢を与えるバリスタになることだが、自分に国際大会で最年少の優勝を勝ち取るような才能がないことは分かっている。

経験だってまだ少なく、入社した頃は自分の不甲斐なさに落ち込んでしまうことばかりだった。

それでも、美桜が前を向いて今日まで頑張ってこれたのは、応援してくれた人がいたからだ。

家族や真子や……もちろん関谷や常連のお客様だって、美桜にとっては大切な存在だ。

関谷にこの気持ちを伝えたいと思うものの、今の美桜にはどうやって伝えればいいのか分からなかった。

(私、関谷さんを傷つけてしまったの……?)

大切な人なのに、応えられない。

人の気持ちの難しさに、美桜の心が切なく締めつけられる。

すると、黙って隣に座っていた関谷がふっとため息交じりに言った。

「美桜ちゃん……ごめん、俺、そう簡単には割り切れそうにない。困らせるつもりはないけど、美桜ちゃんへの気持ちは本気だったから」

「関谷さん……」

「でもそれとは別に、バリスタを目指す美桜ちゃんを応援したい気持ちも本当なんだ。……こんなの、何だか矛盾してるかもしれないけど」

関谷はそう言うと、手に持っていた缶コーヒーをぐっと飲み干した。

「やっぱ自販機より美桜ちゃんのコーヒーのが旨いな」

「関谷さん……」

「俺、美桜ちゃんの入れてくれるカフェラテが好きなんだ。何つうか、気持ちがこもってるっていうか……あの下手……独創的な絵柄で今まで何回も励ましてもらってる。だから何も、下心だけで通ってたわけじゃないんだ」

関谷はそう言って笑うと、ポケットにねじ込んでいた帽子をぐっと目深にかぶった。

「俺、もう行くわ」

そう言ってくるりと背中を向けた関谷が泣いているような気がして、美桜の目にも涙が滲む。

「関谷さん……お仕事、頑張ってください」

「おう。美桜ちゃんも……嫁と仕事の両立、頑張れよ」

美桜を振り返ることなく、頭の横で手を振りながら関谷が去っていく。

その後ろ姿を、美桜はただ見送ることしかできなかった。


三日後、勤務を終えた航大と駐車場で落ち合った美桜は、彼の運転する車で空港を出た。

自宅マンション近くの人気洋食店で食事をして、最近ふたりがお気に入りのパティスリーでスイーツを買って帰宅すると、玄関に入るなりさっそく航大の求愛が始まった。

ベッドに行く間も惜しいのか、濃厚なキスを繰り返しながら美桜の着ているものを脱がせていく。

「航大さ……ベッドで……っ」

いくら美桜が懇願しても、航大の指先は止まらない。

「三日間お預けだったんだ。……早く美桜を食べさせて」

お預けだったのは美桜も同じで、結局玄関でふたり絡み合うように求め合ってしまったのだが、愛の確かめ合いはそれでお終《しま》いになるはずもなく、結局営みは寝室のベッドに移動してからも長く続いた。

ようやく一息つき、美桜が航大の腕から解放されたのはもう深夜と言ってもいい時間帯だ。

いつになく激しく抱かれて美桜がぐったりとベッドに横たわっていると、ベッドを抜け出した航大が香りのいいお茶とケーキをトレイに乗せて運んできてくれる。

美桜がベッドでもそもそと下着やナイトウエアを身に着けていると、ショートパンツを身に着けただけの航大がベッドに身体を乗り上げて強引に美桜を膝に乗せてしまう。

「わっ……」

驚いた美桜がバタバタと手足を動かすと、背後からがっちりとホールドされてしまった。

「こ、航大さん、こんなんじゃ、ケーキを食べられない」

ベッドサイドのテーブルには、ホカホカと湯気を上げるマグカップと、さっき買った二種類のスイーツがお皿に置かれて並んでいる。

金箔とベリーが散らされた漆黒のガトーショコラと、ふわふわしたスポンジが何層にもなった純白のショートケーキ。

どちらもパティスリーの人気メニューだが、今日は運よく最後のひとつをゲットすることができた。

「俺が食べさせてやろうか」

「い、いいです！　自分で……」

美桜は彼の腕から這い出してテーブルに近寄ると、マグカップを手に取ってうっとりとその香りを楽しむ。

「いい匂い……カモミールですね」

「ああ。ステイ先のホテルに用意されてて、飲んでみたら悪くなかったから買ってきた。神経をリラックスさせる効果があるそうだ」

「ありがとうございます。……ほんとだ。何だか癒やされる」

ふぅっと息を吹きかけながらマグカップに口をつける美桜を、航大がじっと見つめている。

ついさっきまで妖しく乱れる彼女を見下ろしていた情欲に満ちた眼差しは、今は少し低い温度で黒く煌めいている。

美桜は猫の目のように変わる航大の瞳に見とれつつ、トレイの上のケーキ皿に手を伸ばした。

「航大さんはどっちにしますか」

「どっちでもいいから、美桜が好きな方を先に選べよ」

「本当ですか。えっと、どっちにしよう……」

ひとしきり悩んだ末、美桜はたっぷりの生クリームで飾られたショートケーキを選んだ。

航大にガトーショコラのお皿を手渡し、こんもりと盛られた生クリームに細心の注意を払いながらフォークで口に運ぶ。

「美味しい！」

「そうか。よかったな」

にこにこと笑いながらケーキを頬張る美桜を、航大が優しく見つめている。

その穏やかな顔を見ながら、美桜はふと先日の関谷とのやり取りを思い出していた。

（……あの時のこと、航大さんに言うべきなのかな？）

美桜と関谷の間にやましいことは何もないが、あの日、関谷と交わした会話は航大には何となく言いにくい。

それに関谷はあの時、バリスタになる美桜の夢を応援していると言ってくれた。

彼の胸の内は美桜には分からないが、いつかまた以前のように心から笑い合える日が来ると信じたい。

(それに……私と航大さんのことを知ったら、関谷さんの心も落ち着くかもしれない)

そう結論付け、美桜は航大に改めて視線を向ける。

「航大さん。あの……私たちのこと、まだ隠さなきゃダメですか」

「隠すって……関谷たちにってこと?」

「はい。あの……実は真子さんも、私の結婚相手についてみんなに聞かれているみたいで」

真子から聞いたところによると、美桜の結婚相手を気にしていたのは関谷だけではなかったらしい。

ある時ふらりと立ち寄った渋谷からも『杉本さんの結婚した相手はどんな人か』との問いかけがあったそうだ。

親しくしていた関谷はともかく渋谷が何故そんなに気にするのかは分からないが、真子によると何度かさりげなく話題を変えてみたものの、執拗に根掘り葉掘り聞き出そうとしたらしい。

ふたりとも航大の同僚だし、変に隠して誤解が生じるのもよくないだろう。

真剣な顔をして訴える美桜に、航大はしばらく思案するように視線を彷徨わせると、嘆息して言った。

「ごめん。別に隠してるわけじゃないんだ。でも、もうちょっと待ってくれないか。詳しくは言えないけど、実は今、新しいチームで取り組んでいる事案があって……それがまだ上手く回っていない状態だから、あまりプライベートなことを言い出せる雰囲気じゃないんだ」

視線を逸らして躊躇いがちに呟いた航大の言葉に、美桜の胸が大きくドキリと波打った。

航大の仕事は専門性が高く、あまり素人《しろうと》が口出しできるものではない。

もちろんパイロットは多くの人の憧れの職業だが、華やかな表舞台の裏側は、血の滲むような努力をしても理想に追いつけない、問答無用に実力を試される世界でもある。

特に自社パイロットとして入社した航大は専門の大学で航空技術を学んでいないため、どうしても最短の時間で多くの技術を習得する必要がある。

いつだったか雨の日に先輩パイロットでもあるキャプテンに着陸のシミュレーションを相談していたのも、そういった理由からだ。

「ごめんなさい。私、事情も分からないのに……」

自分の勝手な都合で、余計なことを言ってしまった。

美桜には美桜の世界があるように、航大には航大の世界がある。

自分の仕事を軽んじているわけではないが、彼が携わる世界は一瞬の気の緩みが多くの人命を危険に晒すことだってあり得る厳しい場所だ。

それに、美桜よりずっと思慮深い航大が話さないなら、きっと相応の理由があるはずだ。

(やっぱり、私なんかが口を出すべきじゃなかった……)

美桜がしょんぼりと肩を落とすと、航大が困ったように首を傾げて目を細めた。

ベッドサイドにケーキのお皿を置き、美桜の両頬を大きな手で包み込む。

「美桜も……真子さんにも気を遣うよな。本当にごめん」

「ううん……私の方こそ、考えが足りなくてごめんなさい」

「別に美桜とのことを隠すつもりはないんだ。チームのキャプテンの高梨さんとか……必要な人たちにはちゃんと伝えてある。ただ、関谷や渋谷に言うのはもう少し後にしたい。俺自身、美桜のことは納得する形で伝えたいから」

そう言って美桜に口づける航大の左手には、まだ新しい美桜との結婚指輪が白く光っている。

相手が誰かは知らなくとも、会社の人たちは航大が結婚したことをみんな知っている。

ついこの間だって、カフェに来ていたCAたちの噂話が美桜の耳に飛び込んできた。

『急だよね』

『ショック～』

『相手は誰だろう』

『それが分かんないの。他所の空港の子かな』

華やかな彼女たちが口々に言うように、航大はみんなの憧れの的だ。

そんな彼の相手がバリスタにもなれないカフェの店員だなんて、釣り合わないこと甚《はなは》だしい。

(私なんかじゃ、航大さんに相応しくない……)

例えば……相手が渋谷なら、きっと誰もが納得するだろう。

渋谷は経験のあるＣＡで、選ばれた人だけがなれるチーフパーサーだ。

最初に関谷と訪れてからよくカフェに来てくれるが、誰にでも平等に優しく聡明な渋谷のことは美桜だって大好きだし、憧れてもいる。

航大の隣で微笑むことが許されるのは、きっと彼女のような人なのだろう。

美桜の瞳が潤み、つっと頬に一筋の涙が流れた。

「美桜……どうして泣くんだ」

はっとして瞬きした美桜のすぐ目の前で、航大が驚いたように目を見開く。

我に返り、美桜は彼の手から逃れて慌てて背を向けた。

「ごめんなさい。何だかぼんやりしちゃって。……ちょっと疲れちゃったのかも」

そっと涙を拭い、美桜はいたたまれなくなってショートケーキを口に頬張る。

「美桜、こっちを向いて」

背後から声を掛けられたが、美桜は振り返れない。

こんなことでネガティブになる自分は嫌いだ。

落ち込んだ情けない顔を彼に見られたくない。

それに今航大に見つめられたら、美桜はきっと泣いてしまう。

そんなのはもっと嫌だ。

（こんなことで煩《わずら》わせたくない……）

航空会社には関わりのない美桜でも分かることだが、航大の仕事は激務だ。

それでも彼はこうやって、いつも美桜のことを考えてくれる。

美桜のことを愛してくれる。

そんな彼に甘えて涙を見せるのは、たとえ出来損ないの奥さんだとしても絶対にしたくない。

「美桜……なぁ、美桜、そのショートケーキ、一口くれよ」

「……や、です。航大さんはガトーショコラがあるでしょ。そっちの方がちょっと高い……」

美桜の紡いだ言葉は、最後まで発せられなかった。

気づいた時には強い力で引き寄せられ、美桜の唇は航大のそれに呑み込まれてしまう。

大きな手で頬を掴まれ、航大の分厚い舌が美桜のすべてを呑み込んでいた。

どれほどの時間そうしていたのだろう。

得心するまで美桜を貪っていた航大が、やっと唇を離す。

すぐ傍にある黒く濡れた瞳が、怖いくらいの真剣さで美桜を見つめている。

「美桜がケーキをくれないから」

「だって……」

「甘いな。ケーキも……美桜も。……俺のも、食べさせてやる」

航大はそう言い放つと、美桜から視線を逸らさぬままベッドサイドに手を伸ばし、美しくデコレーションされたガトーショコラに乱雑にフォークを突き刺して口に頬張る。

そして片方の手で美桜の頬を引き寄せると、もう片方の親指で彼女の唇を開き、強引に舌を食い込ませた。

「んっ……ンふぅ……はっ……」

荒々しく息が交わり、縺れ合った舌が互いを求め合う。

はしたないほど乱暴で無節操な、旦那様のキス。

こんな野蛮なやり方は許せないのに、こんな風にされると美桜の身体からは力が抜けて骨抜きにされてしまう。

時々見せられる航大の寂しげな激しさに、美桜は弱い。

どんなことでも受け入れ、抱き締めたいとすら思う。

「美桜、目を逸らすな。……俺の顔を見ろ」

荒れ狂う乱気流の中、ふたり絡まり合って落ちていく。

航大がくれたガトーショコラは、甘く切なく、そしてほろ苦く美桜の舌を疼かせるのだった。

温泉旅行は波乱含み

美桜が航大と結婚して二か月ほどが経ったある日。

「美桜、そろそろ出られるか？」

手早くベッドを整えていると、身繕いを終えた航大が寝室に入ってきた。

今日の航大はブルー系のストライプシャツにチノパンというカジュアルな姿だ。

さらりと羽織った濃紺のジャケットが爽やかで、シンプルな組み合わせなだけに彼の端正な佇まいがさらに際立って見える。

「はい。私、戸締まりをしてきますね」

「もう俺が確認したから大丈夫だ。美桜、忘れ物はない？」

「はい。何度も見直したから大丈夫です」

美桜が元気に答えると、航大は美桜の手を取りながらしげしげと彼女の全身を眺める。

そして甘く微笑むと、満足そうに何度も頷いた。

「今日の美桜はいつにもまして可愛いな」

優しく目を細めた航大に褒められ、美桜の頬が赤く染まった。

確かに、今日の美桜はいつもより念入りに身支度を整えている。

メイクの色味もいつもより華やかだし、普段は後ろで束ねるだけの髪も、今日は下ろして毛先を巻いている。

それにいつもはパンツを身に着けることが多いが、今日美桜がまとっているのは薄いローズのワンピース姿だ。

ノースリーブのAラインワンピースは裏地のついたレース地で、ふわりと広がるスカート部分が美桜をノスタルジックな気分にさせてくれる。

スタイルがいいわけではないので腕がむき出しになるのは心もとないが、レース編みの白いニットカーディガンを羽織っているから、これさえ脱がなければ美桜でも安心して着ていられる。

航大は目の前で美桜をくるりと一回転させると、端整な目元を甘く緩ませる。

「どこから見ても美人さんだ。こんな奥さんを持てて俺は幸せ者だな」

「もう。航大さん、褒めすぎです」

明らかに社交辞令だとは分かっているが、航大の言葉に美桜の心は幸せな気持ちでいっぱいになる。

今日はこれから、航大と一緒に一泊二日の温泉旅行に出かけることになっている。

予約した温泉旅館は二週間ほど前に美桜が買ってきたガイドブックに載っていた箱根の旅館で、ここから車で一時間半ほどの場所だ。

件《くだん》のガイドブックはただ航大とデートをしたい美桜が買ってきたものだったが、今回の旅行を率先して計画したのは偶然ガイドブックを手にした航大だった。

それに今日の宿は本に載っていた中でも特に高級な旅館の離れで、料金も美桜が想像していたものの十倍もする高価格だ。

下手をすれば海外にも行けるほどの金額に『これはさすがに高すぎるのでは』と意見してみたものの、当の航大はここがいいと譲らなかった。

『俺の仕事の都合でまともに結婚式も新婚旅行もできていないんだから、せめてこれくらいはさせてくれ』というのが航大の言い分だ。

早く一緒になりたいと願ったのは美桜も同じなので何も航大ひとりのせいではないのだが、責任感の強い航大には気にかかっているのだろう。

最初はたかが一泊二日に高すぎると固辞していた美桜だが、あまりにも必死に訴える航大の姿に最終的には折れる結果となってしまった。

とにかく、何にしても結局美桜は航大に弱いのだ。

（これはいわゆる、惚れた弱みというやつなのかな）

それでも、美桜は航大が喜ぶならどんな願いでも聞き入れたいと思ってしまうのだから、一周回って美桜も幸せなのだが。

今日は航大の休みに合わせて、有給休暇を取らせてもらった。

相変わらず真子には迷惑をかけているが、真子は真子でお母さんの通院などの都合でシフトの変更を余儀なくされることが多く、そんな時は美桜もできる限り協力している。

「美桜、それじゃ、出発しよう」

「はい！」

部屋を後にし、美桜と航大は地下の駐車場に下りた。

航大の紺色の愛車に乗り込んだら、いよいよ出発だ。

うきうきと弾む気持ちで駐車場のスロープを駆け上がると、車はまぶしい光に溢れた街路を進む。

車窓から見上げる空は、雲ひとつないスカイブルーだ。

「晴れてよかったな」

「はい。……本当に、気持ちいいくらい快晴ですね」

「ああ。羽田も、いつもこうなら最高なんだけど」

航大はそう呟きながら、さりげなくサングラスを掛ける。

その姿があまりにも様になっていて、美桜は運転席の夫の姿を、気づかれないよう何度も盗み見る。

勤務時にはきちんとセットされている艶やかな黒髪が、今日は手を加えずにさらりと下ろされている。

その姿が少し少年のように見えて、美桜はどきりとしてしまう。

(こうしていると、子どもの頃に戻ったみたい……)

あの頃、まだ高校生だった航大の部屋で、今日のような澄み切った青空をふたりで眺めていた気がする。

雲ひとつないスカイブルーの空に、気持ちよさそうに一筋の雲を引いて飛ぶ一機のジェット機のイメージが脳裏に浮かび、美桜は目を閉じる。

「美桜、窓を開けるよ」

そう言って航大が、後部座席の窓を開ける。

途端に吹き込んだ初夏の風が、美桜の色素の薄い柔らかな髪を千々に乱していく。

(航大さんとの初めての旅行……楽しく過ごせたらいいいな)

運転席の航大は、さらさらした髪を風に靡《なび》かせながら器用な手つきでハンドルを握っている。

美桜は爽やかな風に吹かれながら、高く真っ青な空の上で操縦桿を握る航大の姿を胸に思い描くのだった。

羽田空港近くの航大のマンションからは、最短のルートを選べば一時間半ほどで箱根まで行くことができる。

けれど今日航大が選んだのは、首都高速湾岸線から横浜横須賀線に乗り、鎌倉を経由して海沿いをのんびりドライブするルートだ。

航大は渋滞情報に慎重に耳を傾けながら、巧みに渋滞を避けて目的地へと向かう。

運転しながら情報を聞いて進路を変更して……美桜には到底真似できない芸当だ。

頼もしい夫の姿にこっそり見とれながら、美桜は移り行く車窓の景色に胸を躍らせる。

お天気がいいので、左手に続く水平線がキラキラと輝いて見える。

自然が織りなす風景の美しさに、美桜の心も次第に高揚していく。

「美桜、どこか海が見える場所で休憩しようか」

興奮した面持ちで海を見つめる美桜に、航大が言った。

「はい！」

美桜が目を輝かせて返事をすると、航大の眼差しがサングラス越しに優しく細められたのが分かった。

ただそれだけのことなのに、美桜の胸の奥がきゅん、と疼くようにときめく。

たとえサングラスを掛けていても、美桜にとって航大の眼差しは特別だ。

（今日は本当に、全部夢みたい……）

念願の航大とのドライブデート。海沿いの美しい風景。それに今夜は、部屋に露天風呂がついた旅館にお泊まりだってする。

何もかも、貴重な休日に自ら運転して美桜を連れ出してくれる航大からのプレゼントだ。

（でも……）

でもやっぱり一番嬉しいのは、こうして航大が美桜に笑いかけてくれること。

彼の隣にいられることなのだと、美桜は胸の内で思うのだった。


航大と美桜はそれからしばらく海沿いを走り、見晴らしのいいこぢんまりしたカフェで休憩することにした。

まだランチタイムには早い時間だったからか、店内は比較的空いている。

スタッフに見晴らしのいい席に案内してもらい、ふたり仲良くメニューからそれぞれ飲み物をオーダーした。

ふたりが座っている窓際の席からは、遥かかなたに白く光る水平線が見渡せる。

窓からはときおり爽やかな潮風が吹き込み、部屋中に新鮮な空気を隅々まで行き渡らせていく。

「風が気持ちがいいな」

「はい。凄く素敵なカフェですね」

「気に入った？　ならよかった」

航大はそう言って笑うと、サングラスを外してテーブルの上に置く。そして窓の向こうに広がる美しい海に視線を馳せた。

くっきりとした輪郭と、風に踊る漆黒の髪。

乱れた前髪の隙間から覗く印象的な黒い瞳と、薄く形のいい唇。

色鮮やかな窓外の景色も相まって、美桜はその美しい横顔に思わず見とれてしまう。

それは小学生だった美桜が憧れた、まだ高校生だった航大とまるで同じ姿だ。

性懲りもなく夫に見とれる美桜に、スタッフがオーダーした飲み物を運んできてくれる。

航大の前にはアイスコーヒー、美桜の前に置かれたのは、カットした果実が添えられたピンクグレープフルーツのソーダだ。

「わぁ……」

目の前の大きなグラスには、たっぷり注がれた透明なソーダと、底に向かってだんだん濃いピンクに変化していくシロップで美しいグラデーションが描かれている。

その繊細な美しさにほぅっと見とれ、美桜は思わず飲むのを躊躇ってしまう。

「凄くきれい……」

「美桜は将来カフェを開くんだろう。ほら、見てないで早く飲んでみたら」

甘い瞳の航大に急《せ》かされ、差し込まれていたストローでそっと口に含むと、想像していたよりずっと自然な果実味が美桜の口の中に広がる。

「美味しい。優しい味がします」

「そうか。……俺も飲んでみたいな。少しもらっていい？」

「えっ……」

航大の問いかけに、美桜の脳裏に二週間ほど前の夜のことが思い出される。

ほんの少しの感情の行き違いと、ガトーショコラの夜のこと。

「あ、あの……」

動揺する美桜に、航大の眼差しが妖しく揺れ動く。

「美桜、ここではあんなもらい方はしない」

「あっ、そ、そうですよね。あ……じゃあもう一本ストローを……」

「いいよ、このままで」

航大はわたわたと動揺する美桜に眼差しだけで微笑むと、まるで内緒話をするように顔を寄せ、ストローを持っていた美桜の手に自分の手を重ねてぱくりとくわえてしまう。

互いの唇が触れ合ってしまうくらいの、ほんの近い距離で。

「こ、航大さん……」

あまりにも大胆な航大の行動に、美桜の心臓は壊れそうに速まってしまう。

本当に少しでも美桜が動いていたら、きっと唇が触れ合ってしまっていただろう。

航大はもうすっかり涙目になった美桜をすました顔で見やると、触れ合っていた手をそのまま強く握った。

「少しぐらい羽目を外したっていいだろう。新婚だぞ」

「で、でも、ここじゃ……」

「何？　別にふしだらなことはしてないぞ。こんなところでしなくても、今日は夫婦で離れにお泊まりだからな」

その言葉に、また美桜の頬が赤く染まる。

こんなところでする会話ではないと思うが、胸がいっぱいで抗議することすらできない。

今だって、航大はテーブルの上で、さっきから握ったままの美桜の手を離さない。

「美桜とデートするのがこんなに楽しいなら、もっと早く外にも出ればよかったかな」

航大は美桜の左手を自分の左手に絡ませて、そっと唇を寄せる。

絡み合ったそれぞれの薬指には、お揃いのリングが白く光っていた。


カフェでお茶をした後はまた海沿いの道をゆっくりドライブして、箱根に着いたのはちょうどお昼を回った頃だった。

航大の知っているお蕎麦屋さんで軽く昼食を取り、宿に連絡してチェックインの時刻を確認してもらう。

「美桜、部屋の準備はできているから、いつでもどうぞって」

周囲を散策することも考えたが、せっかくだから高級旅館でゆっくり過ごそうということになって美桜と航大は早々に宿に向かうことにした。

カーナビに従って車を進めると、やがて立派な塀に囲まれた広大な敷地に辿り着く。

案内に従って本館前のエントランスに車を停めると、すぐに中から従業員の人たちが数人迎えに出てくれた。

「いらっしゃいませ。お待ちしておりました。野口様、お車をお預かりいたします」

スーツ姿の男性に車を預けて風流な建物の中に入ると、すぐに渋い和服に身を包んだ年配の女性が現れる。

「いらっしゃいませ、野口様。本日はようこそおいでくださいました。女将でございます」

「お世話になります」

「それでは本日ご宿泊の『月光の間』にご案内いたします。さ、こちらへ……」

女将と荷物を運んでくれる仲居数人に連れられ、美桜と航大は長い渡り廊下を進んで一旦建物の外へ出る。

「野口様は別邸でのご宿泊でございますので、こちらへお進みくださいませ」

案内されるがままに本館から伸びた石畳の道を少し歩くと、やがて平屋建てのこぢんまりした建物に行き当たる。

「こちらでございます」

女将に続いて引き戸を潜るとまた玄関の引き戸が現れ、また中に入るとようやく玄関が現れる。

（す、凄い。こんなの、豪華な一戸建てと変わらない……）

圧倒されつつ靴を脱いで中に入ると、そこは想像を絶する規模と豪華さだ。

玄関の踊り場から続く扉を開けるとまず八畳ほどの和室の居間があり、その奥にキングサイズのベッド二つとソファが配置された寝室、そして六畳ほどの書斎、内風呂、露天風呂まで通常の日本家屋と変わらない設備が揃っている。

それに部屋中いたるところに薔薇やカサブランカなどの生花が飾られており、甘く優雅な芳香で満たされている。

（素敵……夢みたいなお部屋だ）

一通りの案内を終えると、女将は興奮で目を輝かせている美桜に笑顔を向けて居間に誘《いざな》う。

すると艶やかな紫檀《したん》の座卓の上には、すでに仲居たちがお茶を用意してくれていた。

薫り高い玉露とお菓子で美桜たちがホッと一息つくと、おもむろに仲居たちが女将の背後に並んで正座する。

何ごとかとこちらも居住まいを正すと、スッと三つ指をついた女将が美しい所作で頭を下げた。

「野口様、今回は新婚旅行ということで……ご結婚おめでとうございます」

「おめでとうございます」

女将に続いて、仲居たちも口々に祝いの言葉を告げてくれる。

思いがけない祝福に、美桜は感激で胸がいっぱいになってしまう。

「ありがとうございます。こんなに温かく迎えて頂けるなんて、思ってもみませんでした」

予想外の歓迎に航大も嬉しそうだ。こちらもふたりで頭を下げると、表情を柔らかく崩した女将がにこにこしながら言った。

「私どもも野口様に選んで頂けて光栄です。お料理も、今日は料理長が腕によりをかけた特別メニューをご用意しておりますので」

「そんなお気遣いをして頂けるとは……本当にありがとうございます」

「こちらこそ、こんな機会をちょうだいできて従業員も喜んでおります」

女将はにこにこしながら「こちらにご記入を」と航大に宿帳を差し出すと、今度は美桜に向かって優しい眼差しを向ける。

「奥様、お部屋のお花はよろしければ明日お持ちくださいね。フローラルフォームに生けておりますので、二、三日は持ちますし」

「わぁ……嬉しいです。ありがとうございます」

「それにお食事の後にはお散歩もよろしいかと存じます。今、ちょうど蛍も飛び始めておりますし」

「蛍なんて見るのは初めてです。……凄く楽しみ」

感激しきりの美桜に女将は帰り道に立ち寄れるいくつかの観光スポットを教えると、航大の書き上げた宿帳を手に笑顔で部屋を去った。

ふたりきりになると、しんと部屋が静かになる。

開け放たれた雪見障子からは寸分の隙もなく手入れされた日本庭園が広がり、晴天も相まって見事な景観を醸し出している。

「気持ちのいい部屋だな。やっぱりここにしてよかった」

立ち上がった航大が窓の外に視線を馳せると、美桜も立ち上がって彼の広い背中にそっと寄り添う。

「はい。本当に素敵……それに蛍が見られるなんて、思ってもみなかった」

「よかったな。……新婚旅行のいい記念になる」

航大の言葉に、美桜は思わず頬を染めて彼の背中に顔を埋める。

「新婚旅行だなんて……びっくりしました」

「……結婚して初めての旅行なんだから、新婚旅行だろ」

わざとぶっきらぼうに答える航大に、胸の隅々まで幸せな気持ちが満ちていく。

この部屋のハネムーン仕様は、きっと航大が宿を予約する時に依頼したものなのだろう。

少し急ぎすぎた電撃婚への航大なりの気遣いが感じられて、美桜は堪らなく幸せな気持ちになる。

「あの……嬉しいです。ありがとうございます」

航大の背中に美桜がそう告げると、こちらを振り返った航大にそっと抱き締められる。

逞しく温かな胸。美桜を抱く大きな優しい手。

こうして彼に包み込まれていると、こんなにも安心するのは何故なんだろう。

「美桜、少し休んだら散歩でもしようか。明るいうちに蛍を見る場所も確認しておきたいし」

美桜を抱き締めながら、頭の上で航大が悪戯っぽく笑う。

「……本当はキスしたいけど、夜まで我慢する。俺だって美桜とデートしたいからな」

「えっ……で、でも……」

デートするにしても、キスくらいはいいのではないか。

美桜が心の中で思っていると、そっと身体を離した航大がじっと美桜の顔を覗き込んだ。

「キスくらいしてもいいのにって顔してる」

「えっ」

「したいよ。俺だって美桜にキスしたい。こうして一緒にいられる時間はずっと触れ合っていたいし、美桜の何もかも……全部を俺でいっぱいにしたい」

何もかも見透かされてしまいそうな漆黒の瞳が、美桜だけを映した。

言葉も眼差しも、火傷しそうなほど熱い。

「でも……キスしたらキスだけじゃ済まなくなる。我慢できなくなって、美桜の全部が欲しくなる。もう、これは中毒だな。美桜中毒。……俺をこんなにした責任、ちゃんと取れよ」

そう笑って、航大は触れるだけのキスを落として美桜から離れる。

肌から離れた温もりを恋しく思いながら、美桜は窓外の景色に視線を馳せる航大の横顔を見つめた。

さらりとした黒髪が風に靡き、広めに開けたシャツの胸元から覗く男らしい喉仏に、不意にドキリと胸が高鳴る。

どうしようもなく火照ってくる頬を、美桜は無意識に両手で包み込んだ。

中毒になら、美桜だってとっくになっている。

責任を取るなら航大の方だと、美桜は心の中で航大を甘くなじるのだった。

その後、小一時間ほどふたりで辺りを散策した。

美しく手入れされた園庭を歩いていると、初夏の瑞々《みずみず》しい新緑が清々しく、とても気持ちがいい。

今日は別邸での宿泊だが、本館の方へも足を伸ばしてみた。

フロントのある一階にはカフェや土産物を売る売店もあり、実家や真子に渡すお土産をいくつか購入する。

「美桜、こっちにも店があるぞ」

周辺のパンフレットを見ていた航大が、美桜を少し奥まったスペースに誘う。

するとそこには、アクセサリーや宝飾品を陳列した小さなショーケースが並んでいた。

本物の宝石がついたリングやイヤリング、ブローチなど、そこまで高級なものではないが、それぞれそれなりの値札がつけられている。

どうやらブランド品ではなさそうだが、どれも洗練されたデザインで、旅の記念に購入する人も多そうだ。

「こんなものまで売ってるんですね」

「富裕層が使う旅館だからな。ひと通りの物は揃ってるんだろう」

航大はそう言うと、物珍しそうにショーケースを見つめる美桜をちらりと見やる。

「欲しいものがあるなら、買ってやろうか」

「えっ……いいです。そんな」

「いや……。俺、まだ美桜にエンゲージリングも渡してないだろ。もちろんこれで済ますつもりはないけど、取りあえず何か身に着けるものを贈りたい」

航大は食い入るようにショーケースを覗き込むと、商品のひとつに長い人差し指を向ける。

「あれ、何だか美桜っぽいな」

「えっ」

「ほら、あのネックレス」

航大の指し示す方を探すと、赤い宝石のモチーフが金の鎖に通されたネックレスが目に入った。

「あ、可愛い……」

可憐な花を象《かたど》ったモチーフはダイヤモンドと恐らくルビーだろうか。

中心に配置されたダイヤモンドをぐるりと取り囲むルビーを花弁に見立てた、可愛らしいデザインだ。

美桜が気に入ったと判断したのか、航大は素早く近くにいたスタッフに合図をして商品を取り出してもらう。

「美桜、試しに着けさせてもらったら」

スタッフに断りを入れ、航大が美桜の首にネックレスを着けてくれる。

背後に回った彼の吐息が首に掛かり、スタッフの前だというのに胸の鼓動が速くなってしまう。

挙動不審に顔を赤くしながら鏡に映して見てみると、やはり繊細な鎖とごく小さなモチーフがとても愛らしい。

それに小さいながらも上質な輝きを放つ宝石が、胸元で可憐で高貴な存在感を醸し出している。

うっとりと鏡を見つめる美桜を見ていた航大が、満足そうに微笑みながらスタッフに視線を向けた。

「すみません、これを。……美桜、このまま着けていく？」

航大の問いかけに、美桜は頬を染めてこくりと頷く。

すかさず支払いの手続きをする航大も何だか嬉しそうだ。

合間にちらちらと投げかけられる眼差しは黒く濡れて、それだけでまた胸がいっぱいになってしまう。

夫からの甘い贈り物に、美桜の胸はますます高鳴っていくのだった。


買い物を終えて部屋に戻ると、まだ少し早い時間だったが交代で内風呂に入った。

入浴後は備え付けの浴衣に着替え、丹前を羽織る。

荷物の整理などをしているうちに夕食の時間になり、仲居たちが次々に料理を運んできてくれた。

料理は季節の食材を使った豪華な会席料理だ。

美しい器に盛られた料理は、どれも熟練の職人の技が光る素晴らしい出来栄えだ。

日本料理の神髄である巧みな包丁さばきと繊細な味付けは、見た目だけではなく舌にも身体にも優しい。

一皿ごとにふたりで感嘆の声をあげながら舌鼓を打ち、フルーツが出る頃にはすっかり満たされた気持ちになった。

「本日のお食事はこちらで最後でございます」

担当の仲居頭が深々と頭を下げると、最後に女将が料理長を伴ってやってきた。

見ると料理長が持ったトレイには、花で飾られた小さなホールケーキが載せられている。

「野口様、改めまして本日はおめでとうございます。こちらは心ばかりの板場からのお祝いでございます」

女将の言葉に、朴訥《ぼくとつ》な人柄を思わせる料理長が美桜の前にケーキを置いてくれた。

よくよく見れば花のように見えた飾りはすべてフルーツで、包丁で花のように飾り切りにされている。まるで精緻な芸術品のような様に、美桜は思わず目を奪われてしまう。

「おめでとうございます。……不格好ですみません。あまり洋菓子は作ったことがないんですが、やっぱり新婚さんにはケーキだろうって女将が言うもんで、板場みんなで協力して作りました」

照れたように頭を掻く料理長の言葉に、美桜の目にみるみる涙が溢れた。

「凄くきれい……ありがとうございます」

涙を堪えながらようやく言うと、優しく目を細めながら航大も頭を下げる。

「こんなにして頂いて、僕も妻も本当に感謝しています。本当にありがとうございます」

「こちらこそ……うちを新婚旅行に選んで頂いて、従業員一同、とても嬉しく思っております。ご結婚、本当におめでとうございます」

祝福の言葉とケーキを残してみんなが去ってしまうと、また広い部屋に静寂が訪れた。

まだ幸福で胸いっぱいの美桜は、ただ黙って目の前のケーキを見つめる。

「こんなに祝ってもらえるなんて、思わなかったな」

誰に言うともなくそう呟くと、航大も満ち足りた眼差しを美桜に向ける。

「ケーキ、夜食にしてくださいって料理長が言ってたから、冷蔵庫にしまっておく？」

「あ……そうですね。まだお腹いっぱいだし」

美桜がそう答えると、航大は女将が用意してくれた箱に丁寧にケーキをしまい、寝室に置かれた冷蔵庫へしまう。

「よし、それじゃ、少し休んで散歩に行くか。もうそろそろ蛍が飛び始める時間だ」

「はい。……蛍、今日は飛んでくれるのかな」

「きっと大丈夫だ。新婚旅行なんだから、蛍だってお祝いしてくれるはずだ」

外へ出てみると、ところどころ街灯はあるものの、周辺はすっかり夜の闇に包まれている。

美桜は航大に手を引かれ、昼間のうちに確認しておいた小さな川への坂道を下りる。

とても静かな、早い夏の夜。

「美桜、気を付けて。ゆっくりでいいぞ」

懐中電灯で照らすわずかな灯りを頼りに、航大と美桜は慎重に歩みを進める。

五分ほど降りて川の傍まで辿り着くと、航大は懐中電灯の灯りを静かに消した。

闇の中から、微かなせせらぎの音が聞こえてくる。

その涼やかな音を頼りに、美桜は真っ暗な空間に向かってじっと目を凝らす。

けれど視線の先には、何も見つけることができない。

息をひそめてさらに暗闇の中に灯りを探すが、いくら待っても一向に蛍は見つからない。

我慢できなくなって、美桜は手を繋いだままの航大に囁く。

「航大さん、蛍、見える？」

「しっ……美桜、右手の、下の方を見て」

言われた方向に視線を向けると、頼りなげな白い光がひとつ、ふわり、と舞い上がるのが見えた。

「あっ……」

美桜が小さく呟いた次の瞬間、まるで最初の光を追うように、一斉に無数の白い光が浮き上がった。

その圧倒的な数の光の粒に、美桜は小さく息を呑む。

ゆっくりと点滅しながら乱舞する光は、漆黒の闇の中、何かを探すように儚く彷徨っている。

たゆたうように舞い上がり、揺れながら落ちていく。

そのいじらしさに、訳もなく涙が溢れた。

生きていること。

航大とこうして巡り会えたこと。

そのすべてが自然の摂理なのだと、美桜に訴えかけている。

目の前で飛び交う蛍たちと同じように。

美桜はきっと、航大と見たこの風景を生涯忘れることはないだろう。

(ずっと、航大さんとこうして生きていきたい……)

夢のような幻想的な光景の中で佇む美桜の手を、航大が力強く握ってくれた。


小一時間ほど蛍たちの乱舞を眺めた後、美桜と航大は部屋に戻った。

初めて目にした幻想的な光景がまだ頭から離れない。

ぼうっとしたまま座椅子に凭《もた》れていると、せっかくだからと航大に誘われ、ふたりで露天風呂に入ることになった。

とはいえ、結婚してからお風呂に一緒に入ったことなどない美桜には恥ずかしさが先に立ち、先に入ってもらった航大に後ろを向いてもらって、その隙に素早く湯船に身を隠す。

「今さら……美桜の裸なら見てるし、もっと凄いこともしてるのに」

「で、でもっ……お風呂は一緒に入ったことないですから！」

「ふぅん。でも、恥ずかしがる姿も悪くないな」

航大は茶化すように言うと、露天風呂の周囲に視線を巡らせる。

部屋から直接入れるようになっている石造りの露天風呂の向こうには、壮麗な石の庭が広がっている。

庭の周囲は竹垣で厳重に囲われているから外から見える心配はまるでなく、露天風呂に入りながら広い日本庭園を楽しめるという、規格外に贅沢な空間だ。

石庭、と呼ばれる形状の庭には、温かみのある石と真っ白な砂がバランスよく配置されている。均等に描かれた砂の模様は、潔く冴え冴えとした美しさに満ちている。

「見事な平庭式の枯山水《かれさんすい》だな。苔《こけ》もふくよかで、砂紋も品がある」

航大は露天風呂の中で立ち上がり、腰に手を当ててしげしげと庭を眺めている。

その後ろ姿に、美桜の心臓が破れそうなほど跳ね上がった。

入浴しているのだから当たり前だが、航大は一糸まとわぬ生まれたままの姿だ。

ほどよく筋肉がついた肩から腕のラインはまるでギリシャ彫刻のような美しさで、柔らかな曲線を描く逞しい背筋から流れるように引き締まったウエストには、余計な肉は一切ついていない。

そして何より、硬く盛り上がったお尻と細くシャープな太ももが堪らなくセクシーだ。

（せ、凄絶に色っぽい……）

航大のバックスタイルに見惚れながら、美桜はふと自分の身体に視線を落とした。

ぷよぷよと湯船に浮かぶ胸に気づき、慌てて首までお湯に浸かる。

太っているわけではないが、航大に比べると美桜の身体は圧倒的に筋肉が不足している気がする。

腕だって足だって柔らかでぷくぷくしているからもう少し引き締めたいと思うが、いくら筋トレをしても体質なのかあまり筋肉はつかない。

中学に入った頃からどんどん育ってしまった胸は女性には「羨ましい」と言われることが多いが、自分ではあまり好きではない。

制服を着ていた中学や高校の頃は、見知らぬ男性からじろじろ見られて怖い思いをしたことだってある。

美桜の憧れは渋谷のようなスレンダーな九頭身だが、あれは生まれ持ったものでほぼ決まってしまうスタイルだろう。

美桜はＣＡの制服に身を包んだ渋谷を脳裏に思い浮かべる。

長い髪をきゅっとシニヨンにまとめて、独特のスカーフ使いで顔回りを華やかに飾る。

きりりとした制服姿で空港を颯爽《さっそう》と歩く姿は、すべての女子の憧れと言っても過言ではない。

（いいなぁ。一度でいいからあんなスタイルになって、あんな格好をしてみたい）

そう思いながらも、美桜はやっぱりこのままでもいいかと思い直す。

カフェで働くなら、今のままでも十分。

カフェの制服なら、美桜にだって少しは似合う。

（あ……何だかほわほわする。ちょっと疲れちゃったのかな……）

美桜は助手席に座っていただけだが、今日は楽しいことや嬉しいことが目白押しの忙しい一日だった。

じんわりと湧き起こる幸せな気持ちを噛み締めながら、美桜は目を閉じ、航大と過ごした幸福な一日を反芻《はんすう》するのだった。

誰かが、美桜の髪を撫でている。

優しく、梳《す》くように。

愛おしくて堪らないというように。

その感触が心地よく、美桜は思わず頬に触れる温もりに顔を擦りつける。

と——。

「美桜、気がついた?」

目を開けると、真上から心配そうな航大が覗き込んでいた。

はっとして身体を起こすと、ふらりと軽く目が回る。

「こら、急に起き上がるな。ゆっくりでいい」

「あ……私……」

「露天風呂でのぼせたんだ。……ちょっと待ってて」

航大はそう言って美桜をソファの背凭れにもたせかけると、冷蔵庫からミネラルウォーターを取り出してグラスに注いでくれる。

「美桜、飲んで。ゆっくりでいい」

「ん……」

グラスをそっと唇にあてがわれ、一口、また一口と飲まされる。

「気持ち悪くないか」

「ん……大丈夫です」

「もっと飲む？」

航大に促され、今度はペットボトルに直接口をつけた。

さっきよりたくさんの水を口に含み、残りを一気に飲んでしまう。

「よかった。もう大丈夫そうだな」

航大はほっとしたように言うと、美桜の隣に腰かけた。

「いきなり湯船に沈んでいくから、本当にびっくりした」

航大は咎《とが》めるように見つめながら、乱れた美桜の髪を直してくれる。

バスローブを無造作に羽織っただけの胸元が、美桜のお世話をしてくれる度にはだけて凄絶に色っぽい。

恥ずかしくなって思わず視線を落とすと、自分も全裸にバスローブを羽織っただけなことに気づく。

「わっ……」

慌てて胸元をかき合わせる美桜に、航大が呆れたように首を傾げた。

「今さら何を恥ずかしがってるんだ。美桜、裸で倒れたのに」

「えっ」

「裸の美桜を運んで、バスタオルで拭いて、扇いで……裸のままじゃ風邪をひくから俺がバスローブを羽織らせた。……というか、俺は美桜が見たことないとこまで見てるんだから、今さら恥ずかしがっても、もう遅い」

航大は呆れたように笑うと、優しく美桜の頬に指を這わせる。

「本当にもう大丈夫？」

「はい。心配させてごめんなさい」

「元気になったんだから、もういい」

航大はそう囁くと、美桜の肩を抱き寄せる。そして美桜のつむじの辺りに唇を押しつけて言った。

「美桜とゆっくりお風呂は次回に持ち越しだな」

「……ごめんなさい」

「いいよ。また楽しみがひとつ増えたから」

航大はクッと喉の奥で笑うと、美桜の顔を覗き込む。

「これでまた、緊急事態に強くなったな」

航大は何の屈託もなく呟いて笑ったが、その言葉に、美桜の胸に言い知れぬ不安がよぎる。

緊急事態、だなんて。

彼の口からそんな言葉を聞くと、いけないと思ってもつい悪い想像をしてしまう。

(航大さんの言う緊急事態って、仕事上のことなの……？)

美桜は思わず航大の逞しい胸にこつんと頭を預けると、躊躇いがちに口を開いた。

「あの……空の上で、緊急事態になることは多いんですか」

「多くはないけど、たまにはあるな」

「危ないこともある？」

「どんな危険も回避して、シップに関わる全員の安全を確保するのが俺たちの仕事だ」

航大は一分の迷いも感じられない口調でそう答えたが、美桜の心はさらにざわざわと波立ってしまう。

高い空の上で起こる危険は、きっとそのまま命に直結する危機だ。

(航大さんの仕事は、本当に大変な仕事なんだ……)

美桜の心に、突然黒い恐怖の塊《かたまり》が込み上げてくる。

空の上でもしものことがあったら、航大だけでなく乗客乗員すべてが命の危険に晒される。

パイロットが握る操縦桿には、文字通りその機体に乗り合わせるすべての人たちの命がかかっているのだ。

そんな当たり前のことに今さらのように気づき、美桜は思わず航大の胸に縋りついた。

航大はただ黙って、美桜の身体をそっと抱いてくれる。

力強い腕、温かな広い胸。

美桜だけのものだと思っていた航大のすべては、本当は美桜だけのものではない。

彼が担う業務の重さが、俄《にわか》に現実味を帯びて美桜の心と身体に伸し掛かる。

(航大さんの仕事は、文字通り命がけの仕事なんだ)

自分の甘さをいやというほど思い知らされ、胸が苦しくて堪らない。

美桜が羽田に勤務するようになった一年余りの間にも、悪天候で離着陸が乱れたことは一度や二度ではない。

その都度、エアライン各社の懸命の努力と知恵で危険を回避していることだって、美桜はちゃんと理解しているつもりだ。

でも……やっぱり美桜は怖くて堪らない。

航大を失うこと。

永遠にこの温かな胸に触れられない日が来ること。

わずかな可能性でも起こり得る危機が、こうして彼と愛し合えた今はなおさら怖くて堪らない。

自分はいつからこんな自分勝手な人間になってしまったのだろう。

航大は夢を叶えて、本当にパイロットになったというのに。

（こんなんじゃダメだ。私は奥さんなんだから、ちゃんと航大さんの支えにならなきゃ……）

潰れそうな胸の痛みを必死で堪えていると、航大の優しい手が美桜の髪に触れた。

「美桜……大丈夫だ。俺の会社の機体もスタッフも、みんなとびきり優秀なんだ。もちろんパイロットだって」

航大はそう言うと、身体をそっと離して美桜の頬を両手で包み込む。

「心配するな。俺は……俺たちは絶対に羽田に戻ってくる。それぞれの家族の下に……美桜の下に戻ってくる」

「航大さん……」

「結婚したばかりなんだぞ。俺はこれから、まだまだ美桜と一緒にやりたいことがたくさんある」

航大はそう言うと、ふっと視線を宙に向ける。

「なぁ、美桜、さっき蛍を見ただろ」

航大の言葉に、美桜はさっき見た蛍の乱舞を脳裏に思い描く。

夢のように幻想的でありながら、命の激しさも感じられたあの光景。

儚いくらい美しいのにひたむきで、何だか目が離せなかった。

「凄くきれいで……でも力強くて。何だか憧れました」

美桜がそう呟くと、航大は優しく笑って美桜の顔を覗き込む。

「蛍ってさ、卵から成虫になるまで一年くらいかかるらしいんだけど、ああやって飛び回れるのは二週間だけなんだって」

航大はそう言うと、悪戯っぽく目を細める。

「それで、ああやってチカチカしながら飛び回るのは雄だけらしい」

「えっ……それじゃ、雌はどうしてるの？」

「葉っぱの上で清楚に光りながら、雄を待ってる」

航大は美桜の顔を真正面から見つめると、黒い瞳を強く煌めかせた。

「だからさっきのは、あいつらが必死で運命の相手を探してるところで……凄く親近感が湧いたな」

航大の言葉に、美桜は大きな瞳をふっと緩ませる。

「でも、たった二週間だなんて……何だかかわいそう」

「そうだな。……でも二週間しかないから、あんなに儚くて美しいんじゃないか」

航大の言葉に、美桜の大きな瞳が潤んだ。

美しい蛍の姿が航大に重なり、根拠のない不安が美桜の胸に押し寄せてくる。

「俺だってちゃんと美桜を見つけた。あの日空港で、美桜があの女の子だってちゃんと分かったんだ。だからこれからだってちゃんと見つける。俺の帰る場所に必ず帰ってくる」

切なげに航大を見つめる美桜の唇に、荒々しいキスが落ちてくる。

熱い舌を絡める、官能的なキス。

息もつかせぬ情熱が、二人の切なさを高めていく。

「美桜、緊急事態だ。……美桜が欲しくて堪らない」


キスを交わしながら、ソファに座る航大に跨るように膝に乗せられた。

ふたり抱き合うような格好で、キスが濃く、深くなる。

航大の舌が美桜のそれを捕まえて強く吸いつき、すすり上げてはまた絡み合う。

どれほど味わってもまだ足りない交わりに、美桜の身体の奥が急速に熱を帯びる。

「んっ……っ、ふっ……ンんっ……」

柔らかな舌を絡めるみだらな口づけは気持ちがいい。

美桜はうっとりと口を開けて、航大の舌を受け入れる。

唇ごと食べられてたっぷりと舐められ、もっと欲しくなって自分から舌を差し出すと、すぐに彼の激しい情熱が絡みつく。

舌を丸ごと口に含まれては吸い上げられ、扱くように擦り上げては絡め合う。

どちらのものか分からない唾液が美桜の中に溢れ、唇の端からこぼれてはまた舐め取られる。

堪らなくなってこくりと嚥下《えんげ》すると、今度は航大が根こそぎ吸い上げてはすすり上げていく。

粘膜の擦れる水音が美桜の鼓膜をくすぐり、そのいやらしさに身体の芯が熱を帯びる。

「ん、……っぁ、……ん……」

下着もつけずに跨る航大の片方の太ももには、美桜の芽芯が直接触れている。

濃密なキスで火照った身体が動く度、美桜はその刺激が堪らなくて思わず腰を揺らしてしまう。

航大はしばらく執拗に美桜の舌を吸い続けたが、やがて唇を離すと美桜の身体からするりとバスローブを剝ぎ取った。

一糸まとわぬ美桜の身体が晒されると、航大の黒く濡れた瞳がさらに光を帯びる。

「美桜、きれいだ」

航大はそう囁くと、ちょうど目の前で揺れる美桜の胸の飾りを口に含んだ。

美桜の敏感な突起がぬるりと温かい粘膜に包まれ、それだけで美桜は甘い声をあげてしまう。

「あ、……ふ、ぁっ……ンっ……」

航大は頬張るように胸の頂を口に含むと、じゅぷじゅぷと音を立てて硬いしこりを味わっている。

分厚い舌を絡みつけ、舐《ねぶ》るように何度も吸いながら舌を上下させると、美桜の喉の奥から堪え切れない淫猥な声が漏れてしまう。

もっと、とねだるような美桜の声が煽るのか、航大の舌の動きはますますいやらしく、激しくなっていく。

「あ、あっ、……あぁっ、あ、……」

美桜がはしたない声を出せば出すほど、航大の舌の動きは激しくなっていく。

それに、美桜が航大の太ももにこすりつけている部分からも、潤みがどんどん溢れてくる。

「美味しいな。美桜のここは甘い味がする」

航大はそう囁くと、今度は柔らかな双丘を下から掬い上げ、やわやわともみしだいた。

美桜がくすぐったいような感覚に身を捩《よじ》ると、航大はその動きを制止するように胸を掴む両方の指に力を込める。

すると両方の尖りがぷっくりと突き出されてしまい、彼の目の前にまるで食べて欲しいと言わんばかりに差し出されてしまった。

「あ、あっ、……やぁっ……」

あまりの恥ずかしさに美桜は逃れようともがいたが、航大はお構いなしに熟れた二つの果実を両方一緒に口に含んでしまう。

大きな口を開けて頬張り、まるでキャンディを舐めるようにぴちゃぴちゃと音を立てて味わわれると、あまりのみだらさにまた奥から蜜が滴ってしまう。

「美桜、腰が動いてる。……後でそっちも食べるから、今はこれで我慢して」

いじらしく腰を動かしていた美桜に気づき、航大が太ももを上下に動かし始めた。

すでに美桜の愛蜜でしとどに濡れていた太ももは、航大の足の動きに合わせて美桜の粒を滑らかに擦り上げる。

「あっ……あっ、あっ、ああっ、やぁっ……っ」

美桜が自分で施していたのとは比べ物にならないほどの快感が下腹部に広がり、胸への刺激も相まってあっという間に高みへ追いやられる。

「あ、……っ」

ひときわ高い声をあげて背を反らせる美桜を、航大が力強い腕で抱き留めた。

そして、身体を弛緩させてぐったりと彼に凭れかかる柔らかな身体を、ぎゅっと抱き締める。

「イッたのか。……可愛いね、美桜は」

航大は愛おしくて堪らない、といった表情で美桜に優しくキスを落とすと、今度は美桜を膝立ちにさせ、ソファの背凭れを両手で掴ませる。

朦朧《もうろう》としながらも彼の言うなりになっていると、航大は美桜の両足の間から自らの身体を滑らせ、床に腰を下ろして足を投げ出した。

簡単に言うなら、自分は床に座ってソファに座る美桜の股の間から顔だけを出すようなみだらな格好だ。

「や、やぁ……！」

あまりに破廉恥《はれんち》な姿に美桜は抵抗したが、航大に抱え込むように腰を抱きしめられてしまっては身動きが取れない。

あっという間に花芽を探し当てられ、航大の舌に捕らえられてしまう。

「あ、ぁっ……」

美桜は思わず腰を引こうとしたが、航大の力強い腕に阻まれては逃れることなどできない。

航大の硬い舌先が美桜の芽芯を突っつき、ぬるりと舐め上げていく。

全身を貫くような強い刺激が、美桜の脊髄を這い上がっていく。

「やぁっ……ん、あ、ぁっ、」

脳天が痺れるような悦楽に、美桜の小さな身体がぐらりと揺れる。

これほど快感を与えられては、もう膝立ちになった身体を保つことができない。

ぷるぷると身体を震わせると、航大の逞しい腕が美桜の腰をぎゅっと抱え込む。

そしてさらに強く、美桜の小さな芽芯に刺激を加え始めた。

まだ幼気な粒を舌でなぶるように舐め上げると、口の中に含んでじゅっと吸い上げる。

「ふ、……あっ、……ぁっ……」

航大の舌先が、美桜の硬い芽芯を容赦なく舐めしゃぶる。

厚く狡猾な舌は上から下、下から上へ何度も何度も往復し、ぐるぐると円を描くように美桜の敏感な部分を責め立てていく。

「あ、あっ……だめぇ……っ」

いやいやと首を振ってみても、航大は一向にやめてはくれない。

彼女の声や反応を敏感に感じ取っては、美桜の弱い部分を確実に突いていく。

昂ぶっていく身体の内部に耐え切れず、美桜の喘ぎ声に涙が混じり始めると、航大は最後に敏感な芽芯を口の中に含んで強く吸った。

強烈な快感が芯から全身に広がり、髪の先まで美桜を愉悦に染めていく。

「あぁっ……」

ピンと張りつめた小さなつま先が、細やかに痙攣する。

弓なりに背を反らして達した美桜がびくびくと身体を震わせると、航大はようやく芯から唇を離して美桜の身体を抱き締めた。

そして美桜の足の間から身体を引き抜くと、背凭れにぐったり寄りかかっている美桜を抱き起こす。

「美桜、可愛い……。いい子だ。よく頑張ったな」

航大は愛おしくて堪らない、とでもいうように美桜を抱き寄せて口づけると、膝裏に手を入れて横抱きにする。

そして手触りのいいリネンで覆われた柔らかなベッドにそっと寝かせると、自身も彼女の隣に横たわった。

「美桜……美桜はこれから先、俺とどんな風に暮らしていきたい？」

航大はまだ悦楽の余韻に浸る美桜を、優しく腕枕で引き寄せる。

「俺は……美桜と、それに可愛い俺たちの子どもたちと一緒に、愛のある暮らしをしていきたい」

「子ども……」

激しい愉悦に白く煙る美桜の脳裏に、幼い自分とまだ青年だった航大の面影が浮かぶ。

「私……私も、みんなで楽しく暮らしたい。航大さんと、子どもたちと……家族みんなで」

美桜の言葉に、航大の眼差しが優しく細められる。

とろりとした漆黒が美桜を映し、その暗い淵に沈めていく。

「美桜、好きだよ」

身体を起こした航大が、無造作にバスローブを脱ぎ捨てた。

美桜がはっと我に返って見上げると、航大は猛々しい屹立をむき出しにしたまま、濡れた瞳をこちらに向けている。

「美桜……このままでいいか」

どこか頼りなげなかすれた声に、美桜の胸がぎゅっと締めつけられる。

一人前のバリスタになる夢はまだ叶えられていないが、美桜の仕事は結婚して子育てをしてもまた再開できる仕事だと思っている。

実際、社内には産休や育休を経て現場に戻る人も多い。

先日、結婚後の手続きをするため本社を訪れた際にも、『赤ちゃんが生まれたらバックアップするから、仕事を続けてね』と先輩たちにエールを送ってもらったばかりだ。

それに……。

「航大さん、そのまま……そのまま来てください」

「美桜……」

「私も……航大さんの赤ちゃんが欲しい」

美桜の言葉に、航大の欲望がぶるりと震え、質量を増した。

「美桜……美桜！」

性急な仕草で美桜に覆いかぶさった航大が、荒々しく唇を塞ぐ。

そして火傷しそうなほど熱い昂ぶりが、美桜の柔らかな繋ぎ目に押し当てられた。

十分に潤んだ隙間に雄々しい切っ先を差し入れると、航大は美桜を強く抱き締めながら自身を深く美桜の中に沈み込ませる。

「はっ……んっ、……ンっ……」

航大の欲望を受け入れ、えも言われぬ愉悦が美桜の身体を満たした。

髪の先、爪の先まで甘い疼きを行き渡らせていく。

「美桜……愛してる」

流れ込んでくるのは快楽だけではない。

彼の強さも、優しさも、それに狂おしい情熱も。

航大と身も心も結ばれる幸せに、美桜の心は喜びでいっぱいにふくらんでいく。

幼い頃別れたきりの初恋の人と再び出会い、こうして結ばれた奇跡に、喜びと希望で満ち溢れていく。

「こ……だいさ……ぎゅって……」

「美桜……」

「あ……もっと……」

うわ言のように航大の名を呼ぶと、美桜の中で航大がぐっと質量を増した。

お腹の奥から突き上げられるような感覚に芯が疼き、美桜の中がきゅっと締まる。

「美桜……美桜……っ」

何かを振り切った眼差しで身体を起こした航大が、堰を切ったように激しく腰を打ちつけ始めた。

甘い凶器のような切っ先が美桜の弱い部分を擦り上げ、抉り取っていく。

「あ、あっ……ンっ……あ、……」

航大の激しい律動に、美桜の身体が頼りなく揺れる。

小さな頭や指先や——そして無垢な泡雪のような胸がたぷたぷと揺れ動き、航大の欲を全身で受け止める。

航大から与えられるものなら、美桜は何だって受け止めるだろう。

彼の愛も欲望も、それがたとえ苦しみや哀しみだったとしても構わない。

それで彼が抱えているものが少しでも軽くなるなら、美桜にできることは何でもしたいと思うのだ。

頼りなく揺さぶられる美桜の上で、航大の美しい裸体がしっとりと艶をまとっている。

流れる汗。

ごうごうと流れる血潮が、航大の中で激しい渦を巻き起こしている。

美桜は自分を翻弄する夫の美しさに見とれ、そして狂気じみた悦楽に身を委ねた。

経験したことのない質量が自分の最奥で荒れ狂っている。

航大しか知らない部分を一方的に責められ、美桜の内壁が蜜を噴き出している。

みっちりとふくらんだスクリューのように鋭利な凶器で美桜の敏感な部分を抉りながら、航大の欲はそのもっと奥まで到達して美桜の欲望を引きずり出そうとしているのだ。

「あっ、あ、……おく……や……」

「ああ、奥……当たってるな。ここか？　美桜」

髪を乱していやいやをする美桜の痴態に、航大の黒い瞳が情欲に濡れる。

狙いを定めた場所に思う存分腰を振りたくり、情け容赦なくずぅんと重い楔を打ちつける。

「あ……ンっ、あぁ、やっ、……」

弱い部分を責められながら奥を削り取られ、まるで脳天を突き破るような凄まじい快感が一気に押し寄せる。

鋭利な切っ先にとどめの一撃を与えられると、美桜は全身をのけぞらせて悲鳴のような嬌声をあげた。

「やぁあああ……！」

限界を超えた快感に美桜の内部が引き攣《つ》るように収縮する。

続いて、美桜の身体が二度、三度と大きく痙攣した。

航大は眉根を寄せながら美桜の身体を抱き締めると、荒い息を吐く美桜の唇に触れるだけのキスを落とす。

「……じきに持っていかれそうだ。次が最後だな」

航大は低く唸るように呟くと自身を引き抜き、ぐったりとベッドに沈み込む美桜の足を大きく開かせる。

そしてまだ猛り切った欲望をひたりと蜜口に密着させた。

「挿《い》れるぞ、美桜」

航大は美桜の返事を待つことなく、一気に押し入ってくる。

「ン……ぁっ……」

すでにとろとろに蕩けていた美桜の中は、すぐに航大の熱を柔らかに締めつける。

深く根元まで入り込んだ欲望はみっちりと美桜の奥まで届き、新たに与えられる刺激を待ちわびるように戦慄いている。

航大は、はっと大きく息を吐くと、渾身の力で強く腰を打ちつけた。

「あ……っ！」

望んだ場所に与えられた一撃に、美桜の中が蠢《うごめ》く。

まるで何もかも根こそぎ搾り取るような収縮に、航大がくっと息を呑んだ。

そしてまた、美桜の官能を高めるよう慎重に穿《うが》ち始める。

「あっ、……あぁっ、……あっ、……あぁ……っ」

穿たれる度にもたらされる苦痛にも似た快感が、一突きごとに悲鳴のような嬌声をあげさせる。

一番感じる場所を熱い楔《くさび》で抉られ、美桜はまた蜜を吹き上げる。

うっすら目を開くと、ぼやけた視界の先に美桜の大好きな瞳が自分を見つめているのが見える。

思わず手を伸ばすと、身体を屈めて抱き締めてくれた。

それが嬉しくて美桜は彼の首に手を回す。

航大はしばらく貪るように美桜に口づけると、美桜の顔の両側に手をついて律動を始めた。

規則正しい律動は、やがてその速さを増していく。

美桜の身体の奥、最も深い場所まで甘い凶器のような楔が打ち込まれる。

「あ……おく……奥で……」

「……分かってる。奥でイクから……俺を深い場所まで連れて行って」

航大の言葉に、美桜の顔に歓喜の笑みが浮かんだ。

大切な人との交わり。

未来への希望をこの手に掴めたら、美桜にとってこれ以上幸福なことはない。

航大はそんな美桜にまたキスを落とし、先を急ぐように忙しなく腰を打ちつける。

急速に高まった快感の渦が、美桜を取り込み、遥かかなたへと運んでいく。

「あっ、あぁっ、あ……」

気を失うほどの悦楽に攫われ、美桜は引き絞るような鳴き声をあげて達した。

続いて、最後にひときわ強く腰を打ちつけた航大が、柔らかな粘膜の中でびくびくとその精を放つ。

互いの荒い息。

体温。

二つ重なった心臓の音。
身体の上に倒れ込んだ湿った航大の身体を、美桜は強く抱き締める。
温かな優しさに包まれた新婚旅行で、美桜はまたひとつ航大との絆を深めるのだった。

君は俺だけの愛しい新妻～ｓｉｄｅ航大～

浅い眠りの狭間で、微かな衣擦《きぬず》れの音が聞こえた気がした。

はっとして瞼を開けると、視線のすぐ先で腕にかき抱《いだ》いた愛しい人が安らかに眠っているのが目に入る。

（美桜、ぐっすり眠ってる。……寝顔も可愛いな）

航大は暖色のダウンライトが照らす愛しい妻の眠る姿に、思わず見入ってしまう。

美桜は小さな頭を航大の腕に預けたまま、すやすやと安らかな寝息を立てて眠っている。

柔らかな頬とプルンとした可愛い唇。

丸く形のいい額と小さくツンとした可愛らしい鼻。

くるくると表情が変わる黒目がちな大きな瞳は今は固く閉じられて、長いまつ毛が彼女の無垢な頬に柔らかな陰影を落としている。

その愛らしさにまた胸がざわざわと揺れ動き、我慢できずにそっと額に唇を押しつけた。

すると次の瞬間、美桜の可愛らしい唇からふっとため息のような息が漏れる。

起こしてしまったのではとしばらく息をひそめていると、やがてまた規則正しい寝息が聞こえて、航大はほっと安堵のため息をつく。

(今日は無理させすぎたからな。ちゃんと寝かせてやらないと……)

さっきまでこのベッドの上で何度も繰り返された激しい愛の営みを思い出し、航大の身体にまた仄暗い焔が宿る。

あんなに何度も美桜の中で熱い情熱を吐き出したというのに、心も身体もまだ彼女をこんなに求めている。

あまりに貪欲な己に呆れながら、こうして彼女を腕の中に抱けることを心から幸せに思う。

(美桜、早く俺だけの色に染まれ。俺だけのものになってくれ)

激しい情交に疲れ果てて眠る愛しい妻を見つめながら、航大は言い知れぬ切なさを胸の内に募らせていく。

それはきっと、美桜に偶然再会したあの日から感じ続ける、果てしなく強烈な切望。

耳元に愛しい人の安らかな寝息を感じながら、航大は美桜と空港ですれ違った日のことを思い出していた。

あの日、国内線のフライトを終えた航大は、機長の高梨とオフィスに向かっていた。

当日の羽田は穏やかな快晴。

ようやく任され始めたランディングの出来は上々で、高梨の表情も満足げだ。

「野口、いつもこうだと思うなよ。羽田の本当の難しさは荒れた日のランディングだからな」

「はい。分かっています。いつも隣で見させてもらっていますから」

「そうか。でも甘く見るなよ。あのウインドシアー、近いうちに経験してもらうつもりだから、覚悟しておけ」

高梨はもともと他機種で国際線を担当していたパイロットだが、今は航大が所属するチームのキャプテンだ。

年齢は四十代半ば。

穏やかで淡々とした紳士だが、どんな時でも揺るがない冷静な判断力と的確な指示で周囲の信頼も厚い。

「はい。覚悟しておきます。ご指導、よろしくお願いします」

「どんな天候でも対応できるよう、シミュレーションはしておいた方がいい。俺が教えられることなら聞いてくれ」

「ありがとうございます」

このチームに配属されてから、航大は高梨と組むことが多い。

自社養成パイロットとして入社した航大にとって、一度のフライトで得なければならない知識は膨大だ。

そんな貴重な機会を高梨のような優秀なパイロットと飛べることは、何より幸運なことだと航大は思う。

「野口、この後予定はあるのか？　なければ少し付き合え。安くて旨い店を見つけたんだ。飯でも食いながら荒天時の羽田を教えてやる」

「はい。お供します」

独り身の高梨に食事に誘われることは初めてではないが、彼が航大を誘ってくれるのは先輩パイロットとして自分を育ててくれているのだと理解している。

航大と同じく自社養成パイロットとして入社した高梨には、きっと航大たちの苦労が自分のことのように分かるのだろう。

いつもさりげなく気遣ってくれる頼もしい先輩に、感謝してもしきれない。

改めてパイロットとしての矜持を再認識し、一歩先をいく彼に続こうと歩みを進めた、その時だった。

すれ違ったひとりの女性と目が合い、航大の息がはっと止まる。

それはまるで、何度も繰り返し見続けている夢のような懐かしい眼差し。

（あれは……）

頭の中で、ぼんやりとかすんだ輪郭の少女が笑っていた。

どこまでも澄み切った空を横切る流線型の機体が、脳裏に鮮やかに蘇る。

（……美桜なのか）

まだ思春期のガキだった頃、隣に住んでいた小さな女の子。

父の不義でバラバラになった心を小さな手で繋ぎ合わせてくれた、航大の夢の恩人だ。

――だって、あんなに高い空を飛ぶんだもん。鳥より高い空を飛ぶんだよ？　人間は空を飛べないのに、飛行機に乗れば鳥より高く遠くへ行けるもん――。


ここではないどこかへ。

飛び立ちたいと思っていた。

子どもの頃から憧れた流線型の機体で、誰にも手の届かない高い空を飛びたいと、心から願っていた。

――ね、だからお兄ちゃん、絶対パイロットになって。美桜はカフェのバリスタになるから、お兄ちゃんは美桜のお店でラテ・アートを頼んでね！


まだあどけない少女なのに、純粋で強く煌めく瞳。

あの瞳に導かれ、きっと自分はこの道を選んだ。

運命が用意してくれた劇的な再会に、目が離せないまま振り返ると、彼女も瞬きもせずこちらを見つめている。

(間違いない。美桜だ)

思わず足を止め後を追おうとした航大に、先を行く高梨が振り返る。

「どうした野口」

はっと我に返ると、訝しげに高梨が自分を見つめているのに気づく。

そうだ。航大にはまだ仕事が残っている。

オフィスに戻って事務仕事やデブリーフィングなど、着陸後のパイロットにはまだまだやらねばならないことがたくさんあるのだ。

「……すみません」

最後に美桜を強く見つめ、後ろ髪を引かれながら航大は踵《きびす》を返す。

脳裏に彼女が身に着けている制服を、深く焼きつけながら。


その後航大は、制服の記憶を頼りに美桜の勤めるカフェを特定した。

全国展開している『青猫珈琲店』というカフェの、羽田空港店。

美桜の職場は、どうやらそこらしい。

(こんなに近くにいたなんて……)

自分にとって特別な意味を持つ女性が、自分のテリトリーの中にいた。

まるで奇跡のような偶然に航大の心は色めき立ったが、カフェの周囲を探るうち同期の関谷が美桜のカフェに通い詰めていることを知った。

しかもどうやら、関谷の目当ては美桜らしい。

さりげなくカフェを通りがかったり関谷の周囲から情報を集め、彼がもうかれこれ一年近く美桜に懸想《けそう》していることを知った。

見るに美桜本人は通常の接客をしているようにも見えるが、関谷の方は分かりやすいほど好意がだだ洩れだ。

もしやもうすでに付き合い始めているのではと不安になったが、実際に美桜に接触してそれは杞憂だったと知った。

長い年月を経て現れた航大を、美桜はちゃんと見つけてくれていた。

野口という母方の姓を名乗る航大を、思い出の中の幻影ではなく生身の一人の男として受け入れてくれた。……愛してくれたと、信じている。

(でも……関谷のことは、まだまだ油断できない)

同期入社の関谷は、明るくそつのないキャラで誰にでも好かれる人気者だ。

整備の腕もなかなかのもので、みんなの信頼も厚い。

何度か一緒に飲んだこともあるから、顔を合わせれば他愛のない話もするし、美桜のことがなければ嫌いな相手ではない。

しかしだからこそ、今の航大にとっては厄介な相手だと言える。

(美桜だって、あいつにすごく懐いてた……)

初めてカフェに行った時、美桜が関谷に見せた輝く太陽のような笑顔が脳裏に浮かぶ。

あんな笑顔を見せられたら、関谷でなくてもきっと恋に落ちるだろう。

関谷がカフェに通い出してもう一年になるらしいが、逆に一年も告白もせずにいた彼の忍耐力に感心するくらいだ。

（でも、それだけ美桜に本気だったってことだ）

そう考えが巡り、航大の心に暗い影が落ちた。

コツコツと正攻法で地道な努力を重ねる関谷とは違い、航大は策略家だ。

美桜との結婚の後押しとなったあのお見合いだって、実は陰で航大が母親たちを誘導したのだから。

（あれは……本当に一か八かだった）

航大はたまたま母からかかってきた電話で『そろそろ身を固めたい』『出会いがない』『羽田空港で働いている子ならいつでも会えるんだけど』などと言い連ねてみただけだが、まさかあんなに何もかもが上手くいくとは思わなかった。

美桜の母親と自分の母親が定期的に連絡を取り合っていたのは知っていたから、空港で再会する前から、いつか彼女と再会できたら……とは思っていたけれど。

（でも……もう美桜は俺の妻だ）

航大は自分の腕の中で、無防備に眠る美桜をそっと抱き締める。

柔らかな身体が指先に触れ、ふわりと漂った甘い香りに狂おしいほどの愛しさが込み上げてくる。

（美桜……こんなに愛しいなんて……）

航大は呆れるほど美桜に惚れている。

文字通り、バカみたいに美桜に溺《おぼ》れている。

誰かに、こんな気持ちを抱いたことは初めてだった。

明らかに常軌を逸した苦しいほどの愛しさに、自分でも呆然としてしまう。

離れない。離したくない。

絶対誰にも渡したくない。

それでも、航大の心にはどうしても埋められない深い闇が、ぽっかりと口を開けている。

(人の心は……いつか変わってしまう)

それはいつの頃からか航大の中に巣くう、得体の知れない魔物のような感情だ。

航大の両親は彼が高校三年生の時に離婚した。

原因は父親の不義だが、その時の経験が今でも航大に深い影を落としている。

もともとは幸せな、仲のいい家族だったのだ。

それが、いつの間にかすっかり変わってしまった。

疑うことも知らずに父を信じていた母と自分は手ひどく裏切られ、受験を控えた大切な時期に住み慣れた町から引っ越しせざるを得なくなったのだ。

(だから……美桜との間に、何があっても切れない絆が欲しい)

航大が美桜とのことを関谷たちに告げられないのにはいくつか理由がある。

ひとつは仕事上のことだ。

航大の所属する航空会社では、今、大幅な組織改編が計画されている。

それに伴い、近々大胆な人事異動が行われる予定だ。

高梨の下でパイロットの技術を研鑽している航大に異動の予定はないが、チーム内では何人かのベテランが動くとの噂がまことしやかに囁かれ、必然的に現場には張り詰めた空気が漂っている。

結婚はプライベートなことだが、社内に美桜と面識のある者も多いことも踏まえて、今はまだ伏せた方がよいのではというのが航大の判断だ。

上司も含め何人かのキャプテンと相談し、正式な報告は人事異動の後にするということで話がまとまり、航大としてはその後改めて報告の場を設けたいと思っている。

美桜には申し訳ないが、その他、様々な事情も重なり、未だに美桜との結婚を周囲に報告できないのは、そんな理由からなのだ。

……表向きは。

（……美桜、本当にごめん）

航大は小さくため息をつくと、腕の中の愛しい妻にそっと唇を寄せる。

（俺は……本当に卑怯な男だ）

やるせないため息をつき、航大は美桜の柔らかな身体をぎゅっと抱き締める。

実際のところ、美桜とのことを隠す最大の理由は、関谷の存在だ。

関谷は約一年、美桜に熱烈な恋心を抱いてきた。

美桜が一向に相手にしなくとも、鋼のメンタルで想いをアピールし続けてきたのだ。

そんな関谷が、結婚したからはいそうですかと、簡単に美桜を諦めるとは到底思えない。

未だ巻き返しのチャンスはないかと虎視眈々《こしたんたん》と機会を探っているに違いないのだ。

それに航大が美桜の前に現れてからは、関谷は何かにつけてこちらを威嚇してきた。

緩く見せておきながら万事に聡い関谷のことだから、きっと航大の美桜に対する気持ちを肌で感じ取っていたのだろう。

いや、もしかしたらもう、美桜の相手は航大だと気づいているのかもしれない。

だからまだ、確信は持たせたくないのだ。

真実を知れば、どんな横やりを入れてくるか分からない。

大切な美桜を彼に奪われる前に、航大には何が何でも美桜を自分のものにする必要があるのだ。

（美桜……こんな俺でも、愛してくれるか）

キュッと可愛らしくすぼめた唇に指でそっと触れると、美桜が眠ったままふっと笑った。

愛しくて堪らない。

そっと唇を重ねると、珊瑚《さんご》の色をした柔らかな唇がうっすらと開いた。

誘われるように深く入り込み、彼女を味わう。

「ん……」

夢から覚めた彼女の、潤んだ瞳が航大を映す。

それからは、またふたり絡み合い、めくるめく夢の続きを繰り返すのだった。

暴かれた秘密

互いの気持ちを確かめ合った箱根旅行から戻り、翌日からまた忙しい日常が戻ってきた。

航大は今日から四連勤。

羽田には何度か戻ってくるものの続けてまた別の場所に向かうので、次に家に帰ってくるのは四日後だ。

朝早く家を出て行った航大とは違い、美桜は今日から遅番のシフト。

だから出社は、お昼からでいい。

(洗濯物、干してから出ようかな……)

キャリーケースの中から洗濯物を取り出しつつ、美桜はふと夢のようだった新婚旅行のことを思い出す。

のどかな海沿いのドライブやおしゃれなカフェ、初めて見た蛍や温かな旅館の人たちのことなど、今思い出しても胸がほっこり温かくなる最高の二日間だった。

それに……。

美桜はくすぐったい気持ちで、そっと自分のお腹を触ってみる。

(赤ちゃん……できたのかな)

航大との初めての子作りを思い出し、美桜の顔がかっと赤くなった。

もちろんたった一日で授かるなんて簡単には考えていない。

妊活、なんて言葉があるくらいだから、きっとそんなに簡単なことではないのだろう。

美桜にはまだきちんとした知識がないから、これから勉強しなくてはならないことがたくさんあるのだろうが、愛する人と自然な形で愛し合うことで授かれるなら、これ以上幸せなことはないと思う。

(それに……凄く気持ちよかった……)

新婚旅行での一夜を思い出し、美桜の頬がまた赤く染まる。

航大の導きで美桜も大胆に彼と愛し合うことができたが、結果的に気持ちがいいことが子作りには必要不可欠なことらしい。

(航大さんとの赤ちゃんだなんて……考えただけでも幸せで涙が出そう……)

じんわり温かな気持ちでいっぱいになりながら、美桜はまた自分のお腹にそっと手を当てるのだった。

午前中を洗濯と掃除に費《つい》やし、美桜は少し早めにカフェに出勤した。

バックヤードからロッカー室に入ると、ちょうど昼休憩を終えた真子と鉢合わせる。

「真子さん、おはようございます！」

「あ、美桜ちゃん、おはようございます。旅行はどうだった？」

優しい笑顔を向けてくれる真子に、美桜はお土産の入った紙袋を差し出した。

「はい。お陰様でとっても楽しかったです。これ、ちょっとだけなんですけど、お母さんと一緒に召し上がってください。それとこっちは、何だか可愛かったから買ってみました」

真子へのお土産は、箱根名物の和菓子と、寄木細工の小さな箱だ。

「あ、これ母が好きなの。それにこの箱、とっても素敵。何を入れようかなぁ」

真子はひとしきり素朴な幾何学模様が懐かしい小箱を開けたり閉めたりしていたが、やがて優しく笑って言った。

「美桜ちゃん、いつも気を遣ってくれて本当にありがとう」

「そんな……私の方こそ、いつも助けてもらってばかりで……本当にありがとうございます」

美桜が頭を下げると、真子は美桜の手をぎゅっと握って、強く優しい眼差しを美桜に向けてくれる。

「私、美桜ちゃんの裏表のないところが凄く好き。それにどんなことでも諦めない強さにいつも励まされているの。……だから美桜ちゃん、もし何かつらいことがあったら、何でも私に話して欲しいの。私にできることなら、何だってするつもりだから」

「真子さん……私だって、いつも真子さんに励まされています。バリスタとしても女性としても、真子さんは私の憧れの人です」

「美桜ちゃん……ありがとう。それに、これからもよろしくね」

真子はそう言って、また美桜の手をぎゅっと握る。

美桜は真子のような先輩と一緒に働ける自分を、とても幸せだと心から思うのだった。


それからしばらくは、平日のわりには忙しい時間が過ぎていった。

夕方、早番だった真子が先に仕事を終えて帰ってしまうと、七時頃にはアルバイトの子たちも帰宅して店には美桜ひとりきりになった。

（そろそろ閉店準備を始めないと……）

大きなイベントもない今日は人の引きも早く、店内には客の姿も見えない。

もうこのまま誰も来ないかもと思ったところで、閉店時間の三十分ほど前に数人の女性客の来店があった。

美桜より少し年上に見える彼女たちは、航大の会社のＣＡたちだ。

以前、渋谷と二、三度来店したことがあったと思う。

「いらっしゃいませ！」

カウンター越しに美桜が笑顔で声を掛けると、彼女たちの視線が一斉に美桜に向けられた。

けれどその表情はどこか刺々《とげとげ》しい。

ひやりとした感覚が、美桜の身体を駆け抜ける。

(何か……トラブルでもあった？)

脳裏に〝クレーム〟という言葉がよぎり、美桜は表情を引き締めて彼女たちに笑顔を向ける。

「いらっしゃいませ。お客様、あと三十分ほどで閉店ですが、よろしいでしょうか」

美桜の言葉に女性たちは互いに目くばせをすると、その中でひときわ華やかな女性が、美桜の顔と名札、そして左手をじっと見つめながら言った。

「持ち帰りで結構です。カフェラテを四人分」

「かしこまりました」

「それと……あなたにお願いすれば絵を描いてもらえるって聞いたんですけど」

どこか棘のある声色だが、取りあえずクレームがあるわけではないと分かってホッとする。

（関谷さんや渋谷さんが宣伝してくれたのかな）

美桜は彼女と視線を合わせ、笑顔で言った。

「私はまだバリスタとして研修中ですので、当店の商品としてのラテ・アートをお出しすることはできないのですが、お客様のご希望があればカフェラテとしてご提供することは可能です。あの……まだ未熟なのですが、それでもよろしいでしょうか」

美桜の言葉に、彼女はぎらぎらと目を見開きながら高圧的に答える。

「あなたが作ってくださるなら構いません」

「かしこまりました。それではお好きなお席に掛けてお待ちくださいませ」

「いいえ。このまま待たせていただくわ。……おいくら？」

女性は強張った表情で会計を済ませると、カウンター前に陣取ってじっと美桜を凝視している。

他の女性たちも、みなどこか険のある表情で美桜をじっと見つめていた。

（何だろう。……凄くやりにくい……）

女性たちは明らかに美桜に不快感を持っている様子だったが、ならば何故美桜にラテ・アートを作らせるのだろう。

美桜の胸にチクリといやな痛みが走ったが、代金をもらった以上、手を抜くことはできない。

胸に勇気を奮い立たせ、美桜はてきぱきと四人分のカフェラテを並行して用意していく。

グラインダーにコーヒー豆をセットして挽き、エスプレッソ・マシーンで抽出すると、たちまち辺りには香ばしい香りが立ち込める。

この一杯で彼女たちの苛立った気持ちが癒えるよう、美桜は心を込めて繊細なハートの模様を描いていく。

（このハートで、少しでも楽しい気持ちになってもらえたら……）

美桜にはまだ真子のような技術はないが、お客様を幸せにしたい気持ちは誰にも負けないくらい持っているつもりだ。

ようやく自信を持って提供できるようになったハートのラテ・アートが、お客様の心に届くように。

そう祈りながらミルクを注ぐと、ふんわりと優しいハート模様がカップの上に浮かび上がった。

今までで一番上手く描けたハート。

これなら、きっと喜んで頂けるはずだ。

冷めないうちに手早く持ち帰り用にセッティングし、紙袋の取っ手をカラフルなテープで留める。

「お待たせいたしました」

美桜が精一杯の笑顔で声を掛けても、彼女たちの表情は冷ややかなままだ。

それでも、臆することなく笑顔で続ける。

「気を付けてお持ち帰りくださいませ。ありがとうございました」

美桜が誠心誠意の感謝の気持ちで頭を下げても、受け取った彼女の眼差しはぎらぎらしたままだった。

いやそれどころか、今では美桜に対する敵意を隠そうともしない。

憎しみのこもった眼差しで美桜から商品をひったくると、くるりと踵を返して出口へと向かう。

そして出入り口に置いてあるダストボックスの前で立ち止まると、紙袋ごとぐちゃぐちゃに潰して中に押し込んだ。

(あっ……)

いったい何が起こったのか分からない。

美桜が呆然と立ち竦んでいると、彼女が振り返った。

きれいにメイクされた顔は歪み、怒りに震えている。

美桜に対するあからさまな敵意と憎しみ。

そのあまりの激しさに、美桜の身体から血の気が引いていく。

「あなたなんて認めない。……いい気にならないで」

美桜に向かって吐き捨てるように言い放ち、最後にまた睨みつけるような視線を投げつけて彼女たちは店を出て行ってしまう。

心臓の鼓動が速い。

指先が痺れて、身体が動かない。

(どうして……こんなことするの?)

胸が切り刻まれるように痛い。

美桜はしばらくその場から動くことはできなかったが、はっと我に返ると、おずおずとダストボックスに近寄り、開閉式の入り口に引っかかった紙袋を引き出す。

中身が入ったままだったカフェラテは周囲にぽたぽたとこぼれて、広く床を汚してしまっている。

さっき美桜が命を吹き込んだ優しいハート模様はただの茶色い液体になって、まるで魔法が解けたみたいに、床を汚す残骸になってしまった。

散らかった周囲を片付けながら、美桜はぼんやりと激しい怒りの感情を露わにした彼女の顔を思い出す。

(どうして……)

何か彼女の気に障《さわ》ることをしてしまったのだろうか。

ひりひりと痛む胸を押さえながら雑巾で床を拭く美桜の脳裏に、ふといつか耳にした声が蘇る。

『急だよね』

『ショック～』

『相手は誰だろう』

『それが分かんないの。他所の空港の子かな』

あの会話をした女性たちに、彼女の姿はなかったか。

気づけばもう、閉店時刻を少し過ぎている。

言い知れぬ不安を振り払うように、美桜は閉店準備を始めるのだった。

翌日、美桜が通常シフトで店に入ると、店にはもう真子の姿があった。

急いで身支度を整え、美桜も開店準備に加わる。

「おはよう、美桜ちゃん。昨日はお土産ありがとうね。母からもありがとうって。お餅、美味しかった」

屈託なく美桜に笑いかけた真子が、ふと真顔になる。

「美桜ちゃん、何かあったの？」

「えっ」

「だって……凄く寝不足の顔してる」

真子の指摘に、美桜は力なく笑う。

彼女の言う通り、昨夜はあまり眠ることができなかった。

目の前で商品を捨てられたこともちろんショックだったが、それ以上に彼女たちが何故あんなことをしたのかが気にかかる。

もしかしたら彼女たちは、航大と自分のことに気づいたのではないだろうか。

（航大さんに迷惑が掛かったらどうしよう）

そればかりが気になって、あれから不安な気持ちがぐるぐると脳裏を駆け巡っている。

「昨日、ラストは美桜ちゃん一人だったんでしょ。大丈夫だった？」

心配そうに顔を覗き込む真子に、美桜ははっとして取り繕うような笑顔を向ける。

真子にだって、大切なお母さんの体調や通院など抱えているものがたくさんある。

こんなことで心配は掛けられない。

「はい。あの、特に何もなかったです」

美桜がそう言ってカウンターからフロアに出ようとすると、真子のすんなりした手が美桜の肩に触れた。

振り返ると、ちょっと眉間にしわを寄せた真子にじっと見つめられてしまう。

「美桜ちゃん、今日のお昼休み、ちょっと付き合って」

不思議な安心感を持つ先輩の咎めるような眼差しに、美桜はただ黙って頷くことしかできないのだった。


週末ということもあり、本店からヘルプに入ってくれた社員に店を任せ、美桜と真子はワンフロア上の待合スペースで昼食をとることにした。

人気のない隅っこの席に座り、二人揃ってお弁当を広げる。

そしてまた「もし何かつらいことがあったら、何でも私に話して欲しい」と告げられ、美桜は観念して昨夜あったことを正直に真子に話す。

「何それ。……ひどい。それ、本社に報告してもいい案件だよ」

まるで自分のことのように憤慨してくれる真子をありがたいと思いつつ、美桜は思わず彼女の腕を掴む。

「真子さん、ありがとうございます。でも……あの人たちも航大さんの会社の人ですし」

美桜の言葉に、真子も頷きながらため息をつく。

「そうだよね。それに関谷さんや渋谷さんたちだって困るか……」

「はい。おふたりにはよく店にも来て頂いていますし」

確かに彼女たちがしたことは陰湿だが、だからと言って大ごとにするわけにもいかない。

何より、彼女たちだって航大の大切なクルーの一員なのだ。

「野口さんには相談したの？」

「それは……明後日帰ってきてからにしようかと思います」

「そっか。確かにお仕事中には言いにくいよね……」

真子は難しい顔で腕組みをしながら、しばし黙り込む。

そして何かを決意したように美桜の顔を正面から見つめた。

「実は美桜ちゃんがお休みしている間にも、気になることがあったの」

「えっ……何ですか」

「美桜ちゃんのことを根掘り葉掘り聞いてきた人がいるの。何度かカフェで見たことがある人なんだけど」

真子はそう呟くと、心配そうな顔を向ける。

「スマホの画像を見せて、『この人、ここで働いている人じゃないか』って。感じのいいカフェみたいな場所で、美桜ちゃんと野口さんが一緒に写ってた。窓の外には海が見えてて」

航大と一緒に行った海辺のカフェ。

まさかあの場所に、誰かがいたのだろうか。

美桜の脳裏に彼と交わした甘いやり取りが思い出され、さっと指先が冷たくなった。

(もしも誰かに見られていたら……)

真子に見せた画像はありきたりなものかもしれないが、あの場所に誰かがいたなら、もっと親密な場面も撮られているかもしれない。

もしもあの場面を誰かに見られていたら、きっと美桜と航大の関係に気づいただろう。

それで美桜が何か言われるのは構わない。

でももし、航大が信用を失うようなことになったら……悔やんでも悔やみきれない。

(旅行になんて行かなければ……私がデートなんてねだらなければ……)

ぎゅっと手のひらを握り締める美桜の腕を掴み、真子が心底心配そうな顔をする。

「私、もちろん『知りません』って言ったけど。でも何だか様子が変だったから、気になってたの。ねぇ、美桜ちゃん、やっぱり本社に相談した方が……」

真子の言葉に美桜は大きく息を吸った。

確かに、何もかもが行きすぎている。

でもはっきり状況が分からないまま、行動は起こせない。

とにかく今は、航大の帰りを待つ他ないのだ。

「真子さん、ありがとうございます。でも……もう少し様子を見てみたいんです。もしかしたら何かの行き違いかもしれないですし」

「美桜ちゃん……」

「航大さんが戻ったら、きちんと相談します。それまで……本社に報告するのはもう少し待ってもらえませんか」

そう言って頭を下げると、真子はため息をつきながら美桜の手を握る。

「分かった。でも野口さんが戻ってくるまでは気を付けてね。私も、美桜ちゃんが一人にならないようにシフト調整するから」

「ご迷惑をお掛けして申し訳ありません」

「迷惑だなんて思ってないよ。ただ、心配なだけで」

真子は穏やかな顔で美桜を見つめると、気を取り直したようにバッグの中からお菓子を取り出して「これ、一緒に食べよ」と笑顔を浮かべる。

口の中で蕩ける甘さを噛み締めながら、美桜は音もなく迫り来る嵐の予感を胸に感じるのだった。


翌日は真子の配慮もあって美桜が一人になる場面はなく、何も起こらず平穏に過ぎていった。

ただ、コンビニで話してからはちょくちょく顔を出してくれていた関谷が、まったく姿を現さない。

渋谷や彼女の周りのＣＡたちの顔も、まるで見かけることはなくなった。

やはり何かが起こっているのかと美桜は不安になったが、とにかく今は航大の帰りを待つ他ない。

(今日、航大さんが帰ってきたら、起こったことを正直に話そう)

玄関の鏡の前で身繕いの確認をしながら、美桜はすっと背筋を伸ばす。

真子が隠し撮りの画像を見せられたことや、商品を目の前で捨てられたことなど話しにくいことばかりだが、航大の職場も関係している話だからきちんと話さなくてはならないだろう。

何だか怖い気もするが、こうなってはもう逃げるわけにもいかない。

それに……。

美桜は鏡の中の自分に向かい、きゅっと口角を上げる。

(いつか航大さんと、温かくて揺るぎない家族を作りたい)

だから自分ももっと強くなりたいと、美桜は思うのだ。


「お疲れ様でした!」

本社からヘルプで入っているマネージャーに挨拶をすると、美桜と真子は午後六時に店を後にした。

今日からしばらくは、美桜たちの上司である男性マネージャーが最後のシフトを担ってくれることになっている。

詳しいことは聞いていないが、どうやら真子の采配らしい。

「野口さん、今日帰ってくるんでしょ」

エスカレーターで階下に向かっていると、下段に乗っていた真子が美桜を振り返る。

「はい。さっき連絡があって、もうすぐオフィスを出るから、先に駐車場で待っててって」

「そっか。よかった。野口さんが帰ってくるならひとまず安心だね。じゃ、また明日！」

真子は安心したように笑うと、ぶんぶんと手を振りながら駅の方へ歩いていく。

ほっこりした気持ちでその背中を見送ると、美桜は空港のエントランスを抜けて別棟の駐車場へと向かった。

タクシーの車列を避けて道路を横切り、エレベーターで目的の階まで上がる。

航大から知らされていた場所に向かうと、見慣れた彼の愛車が目に入った。

四日ぶりに航大に会える。

そう思うと、自然に美桜の足取りも軽くなる。

（航大さん、お腹空いてるかな。……晩ご飯はどうしよう）

ここ数日は色々あって、買い物も満足にできていない。

今日はもうどこかで外食をして帰ろうかと弾む気持ちで近寄ったところで、突然コンクリートの柱の陰からさっと人影が現れた。

びくりとして足を止めると、そこには何故か、関谷が立っている。

「関谷さん……？」

どうして関谷がこんなところにいるのだろう。

戸惑う美桜に、関谷が刺すような視線を向けた。

いつも穏やかな関谷の見たことのない表情に、美桜の身体がひやりと冷たくなる。

「関谷さん……こんなところでどうしたんですか」

関谷も仕事終わりだろうか。

しかし関谷はまだ仕事着のままだ。

帰宅するわけではないのなら、どうしてこんなところにいるのだろう。

美桜の困惑をよそに、関谷はフッと笑いながら、じりっと距離を詰めた。

「……本当だったんだな」

「えっ」

「美桜ちゃんの結婚相手、本当に野口だったんだ。これ、野口の車だろう。……まさかと思ってたのに、何でだよ」

関谷は吐き捨てるように言うと、美桜に剣呑な視線を向ける。

いつも朗らかな顔には失望と侮蔑がない交ぜになった暗い表情が浮かんで、美桜を責め立てるように睨みつけている。

「美桜ちゃんもそうなのか。パイロットってだけで簡単に靡《なび》くのか」

「関谷さん……違うんです。私……」

「野口だって……あいつのこと信じてたのに」

関谷はそう呟くと、ポケットからスマートフォンを取り出して画像を表示させる。

美桜の方に突き出したそれには、海辺のカフェで美桜と航大が触れ合うほどの距離で見つめ合う姿が映し出されていた。

「これ……」

呆然として画像を見つめる美桜に、関谷が暗い視線を向ける。

「CAの間で出回ってるらしい。俺の職場の同僚がCAと付き合ってて……見せてもらったんだ。SNSにもアップされてる」

「そんな……」

「野口が急に結婚したことで、落ち込んでるCAがたくさんいたからな。我が社きってのエースパイロットの相手がカフェの店員だって、みんな揃って大騒ぎだ。でも、俺が言いたいのはそんなことじゃない」

関谷は冷たい眼差しでそう言い放つと、またスマートフォンを操作して別の画像を表示させる。

そして美桜に見せつけるように、液晶画面を突き出した。

（えっ……）

美桜の目に、信じられない画像が飛び込んでくる。

そこに映っているのは航大だ。

それに渋谷の姿もある。

航大は親密そうに渋谷の肩を抱き、俯いて口に手を当てる渋谷に顔を寄せている。

誰がどう見ても恋人同士に見えるその画像に、美桜の胸はまるでばらばらになってしまうような衝撃を受ける。

関谷は勝ち誇ったように目を輝かせると、美桜の腕を掴んでさらにスマートフォンを近づけた。

「ほら、もっとよく見て、美桜ちゃん。……噂はずっと前からあったんだ」

「噂って……」

「ふたりが付き合ってるって噂。俺は信じてなかったけど……本当だったんだな」

関谷はそう呟くと、美桜の腕を掴む手に力を込める。

「美桜ちゃん、野口は……君を裏切ってる」

「そんな……そんなはずありません。たとえ過去に何かあったとしても、少なくとも今は絶対に違います」

「美桜ちゃん、気持ちは分かるけどそれは違う。……これ、ついさっき撮った画像なんだ。ほら、時間だってちゃんと入ってる」

そう言って関谷は、急いた仕草でスマートフォンの画像を操作する。

彼が表示させたのは、今からほんの一時間ほど前の時刻。

航大が羽田に戻った時間帯だ。

大きく目を見開いた美桜を痛ましそうに見やり、関谷が続けた。

「俺だって本当は信じたくないよ。何だかんだ言っても、野口のことは信頼してた。あいつの仕事に対する真摯な姿勢も、乗客もクルーも機体も全部大切にする仕事ぶりも好きだったよ。でも……もうお終いだ」

関谷はそう呟くと、美桜の身体をぐっと引き寄せた。

がっしりした関谷の強い力で、美桜の小さな身体は簡単に捕らえられてしまう。

「美桜ちゃん、君のことは僕が守る。だから……もうあいつのことは忘れるんだ」

「やっ……離してください」

「いやだ。……好きなんだ。やっぱり諦められない」

関谷の強引な腕が美桜の身体を抱いた。

渾身の力で逃れようとしても、屈強な関谷の腕はびくともしない。

それでも、美桜は抵抗をやめなかった。

激しく手足をばたつかせてもみ合い、その場に崩れ落ちる。

するとその瞬間、ふっと身体が軽くなった。

顔を上げると、ぐしゃぐしゃに乱れた髪の隙間から、関谷の胸ぐらを掴む航大の姿が目に入る。

美桜は思わず立ち上がり、なりふり構わず後ろから航大の身体に抱きついた。

「航大さん……っ、ダメ……っ」

こんなところを誰かに見られたら、航大も関谷も終わりだ。

暴力沙汰のレッテルを張られたら、もう取り返しがつかない。

「やっ……やめて……っ……」

泣きながら縋りつく美桜に、航大の身体から力が抜けた。

反動でコンクリートに転がった関谷が、身体を起こしながら航大を睨みつける。

「関谷、お前……何でこんなこと……」

「何で？　ハッ……それはこっちのセリフだ。お前、何で美桜ちゃんと……。俺の気持ち、分かってただろう」

「関谷……お前が俺をどう批判しようと構わない。でも、美桜だけは譲れない。……俺だって、すべてを掛けて美桜を愛している」

航大の言葉を聞き、関谷の顔から一切の表情が消えた。

よろよろと立ち上がり、ふらつく身体で航大を一瞥《いちべつ》すると美桜に視線を向ける。

「美桜ちゃん……さっき言ったことを忘れるな。分かっただろう。こいつはこうやって平気で嘘をつく男だ。こいつと一緒にいたら、君はきっと不幸になる。俺は……あの日伝えた通りいつまでも君を待ってる」

ふらふらとその場を立ち去る関谷の靴音を航大の背中越しに聞きながら、美桜は泣いていた。

信じていた過去も未来も、すべてが音を立てて崩れていくような錯覚が、美桜の脳裏に焼きついて離れなかった。

帰路につく車の中で、航大と美桜は何もしゃべらなかった。

重苦しい空気の中自宅マンションに戻ると、航大は浴槽に湯を張ってバスルームに美桜を押し込めた。

ぼんやりしながら入浴を済ませてリビングに戻ると、入れ替わりで航大がバスルームへ消えていく。

(私……これからどうしたらいいんだろう)

ソファに腰かけながら、美桜はひとり途方に暮れる。

店で受けたいやがらせや、不審な問い合わせのこと。

SNSに晒された画像や、さっき関谷に告げられた航大と渋谷のこと。

幾重にも重く伸し掛かる一人で背負うには重すぎる現実が、美桜の心を苦しめる。

(強くならなきゃ、もっと強く……)

いくら自分を奮い立たせてみても、後から後から流れ落ちる涙は、簡単には止まってくれなかった。

ぼんやりした意識の中、ふわふわと身体が浮かぶ感覚がする。

はっとして目を開けると、ちょうど航大が美桜をベッドに下ろすところだった。

「悪い、起こしたか」

「あ……私、寝ちゃって……」

「泣きながら寝てたんだ。……美桜、いったい関谷と何があったんだ」

まっすぐな瞳で問いかけられて言葉に詰まる。

まだ混乱する頭の中が整理できず、美桜は黙って俯いてしまう。

何より、航大が渋谷の肩を抱く映像がまだ生々しく頭にこびりついて離れない。

「……美桜」

隣に横たわった航大が、苛立ったように美桜を抱き寄せた。

いつもなら愛おしく感じる強引さが、今日は苦しい。

渋谷の肩を抱いた腕で抱かれることがみじめに思えて、美桜は航大の手から反射的に逃れた。

航大がまとう空気が、一瞬で冷たくなったことを肌で感じる。

「美桜、いったいどうしたんだ。……関谷と何があった。ちゃんと俺の目を見て答えてくれ」

航大の言葉に、美桜の目から涙が溢れる。

いったい何を答えろというのだろう。

航大と渋谷との親密な場面を見たと言ったら、航大はどんな言い訳を口にするのか。

言い訳は聞きたくない。

でも本当のことなど、美桜はもっと聞きたくなかった。

聞けばもう後戻りできなくなる。

航大を……許せなくなる。

何も言わずに涙を流す美桜に、航大の視線が注がれた。

いつもは温かみを感じさせる黒い瞳が、今日は氷のように冷たい。

「美桜、どうして黙ってるんだ。……まさか俺に言えないようなことでもあったのか」

なじるように投げつけられた言葉に、美桜の心が大きく揺れ動く。

航大こそ、美桜に言えないことを隠しているのではないのか。

美桜を……裏切っているのではないのか。

脳裏に、労るように渋谷を抱く航大の姿が蘇る。

直視できない衝撃的な画像だったが、だからこそ美桜の脳裏にはっきりと焼きついた残像がある。

彼女の華奢な肩に触れる指先には、航大の優しさが見え隠れしていた。

それは美桜に触れる時に感じるものと同じで、それが美桜にはなおさら悲しかったのだ。

自分だけに向けられていると勘違いしていた。

航大の愛を独り占めしていると、思い上がっていたのだ。

「美桜……答えろよ」

止まらない涙を隠すようシーツに顔を押しつけていた美桜を、航大が強引に仰向けにした。

その顔を見た航大が、大きく目を見開く。

「どうして泣くんだ」

「泣いてなんか……ごめんなさい。私、今日はソファで……」

視線から逃れるように起き上がった美桜を、航大が強い力で引き留める。

「美桜、ちゃんと分かるように説明してくれ。……あんな人気のない場所で、関谷と二人きりで何をしていたんだ」

「えっ……」

航大が何を言おうとしているのか分からない。

いつも美桜を優しく包み込むとろみのある黒い瞳は、今は尋問するようにきつく歪められ、まるで罪人をなじるように鋭く尖っている。

（航大さん、まさか私と関谷さんのことを疑ってるの……？）

棘のように降り注ぐ冷たい航大の視線に彼の真意を読みとり、美桜の目から今度は怒りの涙が溢れ出した。

自分のことは棚に上げて、美桜の不実を疑うというのか。

そんなのあまりにも勝手だ。

あれほど愛し合って何もかも差し出し受け入れた美桜を、まだ信じられないというのか。

いつもは温和な美桜だが、航大のあまりの身勝手さにかっと頭に血が上る。

（もういやだ。こんなのひどすぎる……）

美桜は無言でベッドから起き上がると、航大の制止を振りほどいてクローゼットルームへと駆け込んだ。

そして自身のキャリーケースの蓋を開けると、手当たり次第に洋服を放り込む。

「美桜……どこへ行くつもりだ……」

美桜の唐突な行動に一瞬航大は呆然としたが、すぐに駆け寄って背後から小さな身体を拘束する。

手加減を知らない強い力に羽交いじめにされ、美桜の小さな身体は自由を失う。

「いやっ……離してっ……」

「離さない。……どこにも……誰にも渡さない!!」

航大の腕が美桜の身体を抱き上げた。

そして抵抗して手足をばたつかせる美桜を乱暴にベッドに落とすと、跨るように身体を乗り上げて自由を奪う。

「やめてっ……」

美桜の必死の抵抗をものともせず、航大はあっという間にナイトウエアと下着を剝ぎ取ってしまう。生まれたままの姿でベッドに押しつけられ、美桜の白い裸体が航大に組み伏せられる。

「やっ……いや……っ」

強引な航大の胸に、美桜はバタバタと拳をぶつけたが、屈強な航大は一向に動じない。

美桜の胸に唇を寄せると、敏感な胸の尖りに舌を巻きつける。

「やっ……あぁ……っ」

渾身の力で身を捩っても、屈強な腕には敵わない。

航大は舌で丹念にしこった先端を貪りつくすと、今度は美桜の下腹部へと唇を移動させた。

やがてたどり着いた茂みをかき分け、美桜の最も敏感な場所へ顔を埋める。

「あ、やぁっ……」

必死で逃れようと身を捩っても、航大の大きな手に太ももを掴まれては身動きが取れない。

弱い部分を知り尽くされた身体はすぐに潤んで、シーツをしっとりと濡らしていく。

「……身体は正直だ。美桜だって、こんなに俺を欲しがってる」

航大は美桜から唇を離して低く呟くと、長く節くれだった指をつぷりと濡れた繋ぎ目に差し入れた。

しとどに濡れた美桜の内部が、航大の指を柔らかに受け入れる。

くちゅくちゅと淫らな音をさせながら、行き来する航大の指を切なげに締めつける。

「や……だ。こ……だいさん、ちゃん……と、は……なしを……」

航大を愛している。

美桜の心も身体も航大の色に染められて、もう彼以外誰のことも受け入れることなんてできない。

だからこそ、こんな風に抱かれるのは嫌だ。

疑いや嫉妬を身体の繋がりで埋め合うなんて……そんなの悲しすぎる。

航大は美桜の弱い部分を集中的に擦り上げると、幼気な粒に唇を寄せた。

あっという間に高みに導かれ、美桜は切なげな声をあげてあっけなく達してしまう。

「俺の……俺だけのものだろう。なぁ、美桜……」

ぐったりとベッドに沈み込む美桜を見下ろしながら、航大が下着ごとショートパンツを脱ぎ捨てた。そして、猛り切っていた屹立を美桜の隙間に押し当てる。

はっとして身体を起こしたが、抵抗らしい抵抗もできないまま、航大の熱が一息に美桜の隘路をずしりと貫く。

「ひっ……あっ……っぅ……」

すでにとろとろにされていた細い繋ぎ目は、美桜の心に反して航大の猛りをきゅうきゅうと締め付けている。

ゆらゆらと動く逞しい腰。

ゆっくり繰り返される律動に切なげに声をあげる美桜を、仄暗い焔を灯した黒い瞳が冷たく見下ろしている。

「俺がいない間に……関谷とどんな秘密の相談をしていた？　あいつが言った〝あの日伝えたこと〟っていったい何なんだ。美桜、お願いだ。俺を……俺だけを見てくれ」

航大はそう言い捨てると、弾けそうに昂っていた自分自身を、美桜の中に根元までぐっと埋めた。

そして美桜の身体を揺らして奥まで届いたことを確かめると、ゆっくりと腰を動かし始める。

一番弱い部分を狙ってじっくりと責め、身体の奥深くに強く官能を刻みつける航大に、美桜はただなすすべもなく声をあげることしかできない。

「……もう俺以外、他の誰のことも考えられなくしてやる」

航大はそう呟くと、さっきよりも激しく腰を揺らし始める。

美桜の深い部分を抉るように擦り上げては快感を高め、絶頂に辿り着きそうになればずるりと引き抜いてしまう。

手慣れた抽送に美桜の繋ぎ目はすぐに潤みを増し、とろとろと蕩けて航大の熱にきつく縋りついた。

その隘路を、航大の容赦ない楔が激しく貫く。

甘い嬌声がひっきりなしに美桜の喉から漏れ、肉欲のぶつかり合うみだらな音と匂いが寝室を満たしていく。

痺れるような衝撃に脳髄を這い上がる快感。

あっという間に高みに上り詰め、びくびくと身体を震わせる痴態を見つめる黒い瞳は、美桜が幾度極みを迎えても抽送を止めようとしない。

「や、もっ……あぁっ……」

「まだだ。……もっと美桜のいいところを探して、もっともっと擦ってやる」

航大はそう呟くと、ますます激しく最奥を突き上げる。

激しく、リズミカルに腹の奥を穿ち、ねっとりと突き上げてはぐるりと腰をグラインドさせる。

「やっ、はぁ、……ンんっ……」

美桜の声はいつの間にか甘い嬌声へと変化し、互いの体液が交じり合う水音と吐息が、寝室を二人だけの楽園へと変えていく。

滴る蜜とこぼれ落ちる唾液。

航大の鋭い楔が、美桜のすべてを根こそぎ奪い、かなたへ攫っていく。

「ほら、美桜、こんなに濡らして……そんなに欲しがるなんて、美桜はいやらしいな」

薄く笑った黒い瞳がとろみを帯び、ピンポイントで美桜の奥を抉りながら――航大の腰がゆらゆらと前後する。

じっくりと高められた性感は痛いくらいに敏感に張り詰めて、美桜はもうほんの少し身体を揺らされただけで達してしまう。

「ここが好きだろう。ほら、」

航大は美桜の反応を見ながら、確実にその場所へ切っ先を食い込ませる。

柔らかな粘膜の奥深く、ほんの少し抉られただけで脳天が白むほどの悦楽を感じる場所へ、航大の鋭い切っ先がかすめるように行き来して、美桜の中はもうどうしようもないほどにとろとろに蕩けてしまう。

「美桜、もっとここの奥に欲しいんだろう。言えよ、欲しいって」

「やっ……ぁっ……ンんッ……」

空恐ろしいほどの焦燥感が美桜を襲い、もうどうしようもないほどに蜜が吹きこぼれる。

こんな風に身体を重ねるのはいやなはずなのに、美桜の身体を知り尽くした航大の濃厚な責めに、抗うことができない。

どうしようもない自分。

どうしようもない航大。

それでも、彼への愛しさが溢れて止まらない。

どんなに不器用で歪でも……航大を愛しているから。

もう息も絶え絶えになって涙をこぼす美桜に、航大は薄く笑って、「美桜は案外強情なんだな」と呟く。

そして最後に、強烈な一撃を美桜の奥へ叩き込んだ。

「ひ、あぁ――っ……」

凄まじい快感が脊髄を這い上がる。

きゅうっと内部が引き絞られるような悦楽に、背骨がしなるように身体が反り返った。

「あああっ――」

脳天からつま先までを貫かれたような愉悦に、美桜の身体がびくびくと震える。

さながら狂気のような快楽に、美桜の小さな身体は二度、三度と痙攣し、内部からとめどない蜜を吹き上げる。

航大の逞しい腕に縫い留められた美桜の身体は終わりのない快感に打ち震え、まるで底知れぬ沼にはまり込んでしまった小さな白い魚のようにぬめぬめとのたうちまわる。

強靭な機械のように動き続ける甘い切っ先に翻弄され、終わりのない絶頂に美桜がびくびくと身体を震わせると、また航大が愛おしそうに口づけを落とす。

何度も、何度も。

「俺から……もう離れられないよ、美桜」

狂気にも似た航大の仄暗い執愛に、美桜の終わりのない長い夜が続いていった。

心の帰る場所

翌日、仕事を終えた美桜は、航大の待つマンションには戻らず、真子の家を訪れていた。

「美桜ちゃん、たくさん食べてねぇ」

「はい、ありがとうございます！」

優しい笑顔の真子の母にぺこりと頭を下げ、美桜は所狭しと並んだお皿にまた箸を伸ばす。

真子の母は、スーパーでお惣菜づくりを担当している調理師だ。

今は身体を壊してパート勤務だが、長年培った料理の腕はさすがはプロの味だ。

唐揚げや中華系の炒め物などどれも美味しく、美桜の箸を動かす手が止まらない。

「え？　美桜ちゃん、今日はうちに泊まるの？　いいけど、旦那さんは大丈夫？」

「……はい。今日は出張で帰ってこないので、私ひとりなんです」

「あら、それなら大丈夫ね。じゃ、ゆっくりしていってちょうだい。私は先にお風呂に入らせてもらうわね～」

屈託なく笑って真子の母がお風呂に行ってしまうと、真子がふーっと深いため息をつく。

「美桜ちゃん、本当に帰らなくていいの？　野口さん、今日から休みなんでしょ？」

「いいんです。私、ちょっと本当に怒ってるんで」

美桜はそう言って、また唐揚げに箸を伸ばす。

「美桜ちゃん……私はいいけど、ちゃんと連絡はしなきゃダメよ」

どこか諭《さと》すような真子の言葉に、美桜は箸を持つ手をぎゅっと握り締めた。


昨夜の航大は本当にひどかった。

確かにあんな場面を見せて誤解させた美桜にも落ち度はあるだろうが、ろくに話し合いもしないで身体で篭絡《ろうらく》しようとするなんて、夫婦の信頼関係も何もあったものではない。

今日は何とか無事に仕事を終えることができたが、昨夜は夜通し航大に貪られてろくに睡眠も取れなかったのだ。

やつれた美桜の表情から何かを察した真子に誘われてこうして家に招いてもらったのだが、真子とて航大があんな無体な真似を働いたとは夢にも思っていないだろう。

「美桜ちゃん、そんなに食べて大丈夫？」

「はひ、だいじょうふでふ」

「もう……ほら、ちゃんとお茶も飲んで」

やけ食いに走る美桜に呆れながらも、真子が空になったグラスにお茶を注いでくれる。

いつもながらに優しく穏やかな真子を、美桜はお茶を飲みながらしみじみと見つめた。

「真子さんは……どうしていつもそんなに穏やかでいられるんですか」

心のふり幅が大きな美桜とは違い、真子はいつも穏やかだ。

動揺したり、感情的になったりした彼女を、美桜は見たことがない。

最近の美桜は感情に振り回されてばかりだから、真子の凪《なぎ》のような穏やかさが羨ましい。

「うーん、どうなんだろう。私も怒ったり拗ねたりはするよ」

「本当ですか」

「うん。だって人間だもの。当たり前だよ」

真子はそう言って笑うと、美桜を優しく見つめる。

「少し前、母のことで美桜ちゃんにも迷惑を掛けたでしょう。私、あの頃、少し大変で。母にもしものことがあったらひとりぼっちになっちゃうって、不安で、仕方なくて。でもその時、ある人に支えてもらったの」

「ある人……？」

「……うん。私にとって、とても大切な人」

そう言って笑う真子に、美桜の目が釘付けになる。

「真子さん……あの、それって……」

「うん。実は私、お付き合いしている人がいるの。もう一年くらいになるんだけど」

真子はふわりと笑うと、美桜の顔を優しく覗き込む。

真子に恋人がいたなんて。

突然告げられた新事実に、美桜は興奮して身を乗り出す。

「あの、真子さんのお相手はどんな人なんですか」

「普通の人だよ。でも、ちょっと年は離れてるかな。……実は、彼も空港で働いているの」

「えっ……」

次々告げられる新事実に、美桜は大きく目を見開くことしかできない。

空港で働いているということは、航大のようにエアライン勤務なのだろうか。

何故かドキドキしてしまう美桜の心を読んだかのように、真子は「時期が来たら紹介するから、もう少し待ってね」とふわりと笑う。

そして小さく息を吐くと、穏やかな表情で続けた。

「私、母のことが心配で心配で、体調も少し崩してしまったの。そうしたら彼が、君はお母さんを見くびってる、もっとお母さんを信じてあげなさいって。お母さんが大切な君をひとりにするわけがない。だから絶対大丈夫だって。……私、彼のその言葉で、目が覚めた気がしたの」

静かに、でも力強く。

真子の澄んだ瞳が、キラキラと輝く。

「信じる……」

「うん。美桜ちゃん、信じるって言葉は平凡だけど、実際に何かを信じることは凄く難しくて、心からその人を信じるためには、たくさんのことを乗り越えなきゃいけないって思うの。私、彼から言われてそのことに初めて気づいた」

真子の言葉が、美桜の心の真ん中にスッと入ってくる。

美桜は、航大を信じていただろうか。

航大も……美桜を信じていてくれただろうか。

「でも、よくよく考えれば無責任でしょ？　彼はお医者様じゃないし、母の病状を詳しく知っているわけでもないのに。でも私を安心させようと笑顔でふるまっている母を見ていたら、私、彼が何を伝えようとしていたのか分かった気がしたの。不安に立ち向かうためには、まずは信じることが武器になるって」

「真子さん……」

「美桜ちゃんたちの間に何があったのか私には分からないけど……美桜ちゃん、大切な人の手を離さないで。信じてあげて。野口さんのことも、それに美桜ちゃん自身のことも」

真子は真剣な眼差しでそう告げると、照れたように笑って「部屋にお布団敷いてくるね」と席を立つ。

その優しい後ろ姿を見つめながら、美桜はもう一度航大と自分について考える。

航大は美桜にとって、出会った時から特別な存在だ。

ずっと憧れていた初恋の人で、美桜が大好きな飛行機を操るパイロットでもある。

幼い頃からの夢を叶えた航大は、今、懸命に夢を追いかける美桜のお手本ともいえる。

けれど……そんな完璧な彼でも、ときおり美桜にとても寂しげな顔を見せることがある。

(航大さんも……誰にも見せない不安な心を隠し持っているのかもしれない)

美桜にとって蕩けるほど甘い旦那様である航大も、暴君のようにふるまう航大も、どちらも同じたったひとりの航大だ。

美桜にとって誰よりも大切な人であることに変わりはない。

(でも……昨日のことは、簡単には許せない……)

航大は美桜と関谷のことを疑った。

美桜には航大しか見えていないのに。

美桜が大切に思う人は、今も昔も彼しかいないのに。

身も心も捧げた人に心を疑われるのはつらい。

心の隙間を身体で繋ごうとされるのは、もっと辛い。

ふっとため息をつき、美桜はバッグの中からスマートフォンを取り出してそっと指を滑らせる。

数えきれないくらい溜まったアラートは、全部航大からのメッセージだ。

『今どこにいる』

『話をしたい』

苛立ちと不安を隠した不器用なメッセージに心が揺れるけれど、今はもう少し一人でいたい。

美桜だってもう子どもではない。

自分と航大のこと、これからのふたりの生活のことを、きちんと考えたいのだ。

そうでなければ、新しい命を育むことなど決してできはしない。

美桜はその気持ちを少し時間を掛けてメッセージにしたため、航大へと送信する。

『分かった。美桜、すまない』と返ってきた短い返信が、不器用な彼の後悔を物語る。

（航大さん、お願い、私を信じて……）

航大と自分を繋ぐ頼りない糸をスマートフォンに託し、美桜はただきゅっと手を握り締めることしかできなかった。

カフェの窓から見える空港の空は、今日はグレーに煙っている。

落ち着かなく外を気にする美桜に、真子が心配げな視線を向けた。

「風、収まらないね」

「……はい。今日は夜まで続くみたいです」

「そう。……心配だね」

今日は朝から、東京の空は荒れ模様だ。

付近に停滞している低気圧の影響で風雨が強く、羽田空港は延着が相次いでいる。

美桜たちのカフェでも出迎えに来られたお客様の問い合わせが多く、各エアラインの窓口をお知らせしたりと、午前中もバタバタと慌ただしく時間が過ぎてしまった。

「野口さん、今日の夕方の便だよね」

「はい」

「そっか。……でもこの様子だと、ちょっと遅れそうだね」

午後から激しさを増した風雨のせいで、モノレールや高速道路にも制限が出ている。

それでも午前中は多くの来店客がいたのだが、今では人影もまばらだ。

「店内清掃行ってきますね」

不安な気持ちを胸に隠し、美桜はダスターを手にホールに出た。


真子の家に泊めてもらった翌日、美桜は新婚旅行の報告をするという口実で実家に泊まった。

だからその翌日からまた三連勤だった航大とは、結局きちんと話ができないままだ。

関谷から見せられた渋谷と航大の画像や、美桜と航大の噂などがどうなっているのかも、美桜には未だにまったく分からない。

けれどあれ以来、美桜の周囲に不穏な動きはまるでなくなった。

常連だった整備チームやCAたちも、普段通りに来店してくれているが、それでも関谷と渋谷に関しては、ぴたりと来店が止まっていた。

(信じるって……本当に難しいことだな)

相手のことが好きになればなるほど、嫉妬や執着に悩まされてしまう。

真子が言っていた『不安に立ち向かうために信じることが武器になる』という境地には、美桜はまだ辿り着けないでいる。

この先、どうやったら航大とそんな信頼関係を築いていけるのだろう。

美桜がふっとため息を漏らした瞬間、周囲で誰かが悲鳴のような声をあげた。

はっとして顔を上げると、目の前の滑走路に着陸しようとした機体が、地面に降りる寸前でまた灰色の空へ急上昇していく。

（……まただ）

バクバクと高鳴る心臓を押さえていると、いつの間にか背後に近寄った真子がそっと肩に手を乗せてくれる。

「真子さん……」

「今日はゴーアラウンド、まだまだありそうだね」

ゴーアラウンドとは簡単に言えば、飛行機が危険回避のために着陸を断念して、再び上昇体勢に戻ること。

特にここ羽田空港では横風の影響を受けることが多く、今日みたいな荒れた天候の着陸はとても難しいと聞く。

いつだったか雨の日、航大が高梨キャプテンにレクチャーを受けていたのも、羽田空港の着陸パターンを把握するためだ。

滑走路、角度、風、積載量……それに残りの燃料など、安全に着陸するための要素は数えきれないほどある。

パイロットはその時々の判断で最善の方法を探して乗客やクルー、そして機体を守るのだと、いつだったか航大が教えてくれた。

「美桜ちゃん、きっと大丈夫。野口さんの会社のパイロットはみんな優秀だから」

真子の言葉に強く頷くと、美桜はまた仕事に戻るのだった。


午後四時になり、早番だった美桜は一足先に仕事を上がらせてもらった。

モノレールはかろうじて動いてはいたが、どうしても先に帰る気にはなれない。

航大たちの便は定刻ではもうそろそろ到着する予定だ。

けれどスマートフォンで確認したフライト確認画面には、〝遅延〟のステイタスが太字で表示されている。

その他、他の便も軒並み延着で、きっと空の上では大渋滞が起こっているのだと容易に想像できる。

（航大さん、どうか無事に帰ってきて……）

航大と喧嘩していることなどすっかり忘れて不安な気持ちで到着ロビーに佇んでいると、不意に誰かに肩を叩かれた。

振り向くとそこには、渋谷の姿がある。

「こんにちは。何だか久しぶり」

美桜の胸にまた関谷に見せられた衝撃的な場面が浮かんだが、彼女は親しげに微笑んで視線をベンチに向ける。

「よかったら少し話さない？」

仕事を終えた後なのか、渋谷はＣＡの制服を脱いだ私服姿だ。

細身の女性にしか似合わないぴったりした黒いタイトスカートにブラウスを合わせ、シニヨンを解いて長い髪を肩先で揺らしている。

相変わらず美桜を簡単に凌駕《りょうが》する圧倒的な存在感で、行き交う人たちの視線を一身に集めている。

どこをどうやっても勝ち目のない、才色兼備の美桜の恋敵《こいがたき》だ。

（ここで断れば、きっと不戦敗だ）

美桜はそう観念すると、彼女と並んでベンチに座った。

隣に座る渋谷の、すらりと伸びた足が自分とは違いすぎる。

これではもう、すでに勝負は劣勢だ。

じりじりとした焦りに眉間にしわを寄せる美桜を横目でちらりと見やり、渋谷が口を開いた。

「この天気じゃ、心配ね」

「えっ……」

「野口君のシップ、遅延が出てるでしょう。それに、戻りは野口君がＰＦ……操縦を担当するって聞いてるわ」

どこか挑発的な渋谷の視線が美桜を捉えた。

彼女の自信に満ちた眼差しは、美桜がどうあがいても敵《かな》わない、彼女と航大の強い絆を強烈に意識させる。

あなたには入ってこられないのだと言わんばかりの強い眼差しに、美桜の心がぎゅっと縮こまった。

（やっぱり、渋谷さんには敵わない。航大さんの一番の理解者は、渋谷さんなのかもしれない……）

弱く未熟な自分。

美桜はいつでも、航大の足を引っ張ってばかりだ。

いくら追いつきたいと手を伸ばしても、触れたと思った瞬間に指の隙間からこぼれ落ちてしまう。

憧れても恋い焦がれても、航大と肩を並べて歩いていくことは一生できないのかもしれない。

こんな風に渋谷のような存在を目の当たりにすれば、どうしたって住む世界が違うのだと思い知らされてしまう。

やりきれない切なさが胸を覆った瞬間、目の端をふわりと儚い光が横切った気がして、美桜は、はっと顔を上げた。


――心配するな。俺は……俺たちは絶対に羽田に戻ってくる。美桜の下に戻ってくる――。


ふたりで蛍を見た夜、航大が美桜に言ってくれた言葉。

その言葉の意味を、美桜はもう一度心の中で噛み締める。


――俺だってちゃんと美桜を見つけた。あの日空港で、美桜があの女の子だってちゃんと分かった。これからだってちゃんと見つける。俺の帰る場所に必ず帰ってくる――。

（今まで、いったい私は航大さんの何を見てきたんだろう）

美桜の心の中で、何かが弾けた気がした。

同時に、真子が言った『信じることが不安に立ち向かう武器になる』という言葉が、はっきりと、確かな意味を持って美桜の胸に浮かんでくる。

（たとえ私が弱くて未熟でも、私の心は私だけのものだ）

たとえ誰に何を言われても、美桜が航大を信じることは誰にも止められない。

美桜が彼を思う気持ちは、誰にも変えられない、美桜だけの宝石だからだ。

（大切なのは、自分の心だ）

目を閉じて息を吸うと、しんと心が静かになる。

そして脳裏に、航大の漆黒の瞳が浮かび上がる。

あの日、空港で再会した瞬間から、彼の眼差しはいつも美桜を包み込んでいた。

とろりと濡れたミステリアスな瞳が、いつだって美桜を捉えて離さなかった。

時々垣間見る寂しげな表情から、ひと時だって目が離せなかった。

激しく美桜を責め立てたあの夜だって、眼差しに宿る寂しさが愛おしくてしょうがなかった。

今まで出会った数えきれないほどの彼の姿が、美桜の心の中に幾重にも重なっていく。

（どんな航大さんも、私の大切な航大さんなんだ）

優しさも強さも、弱さも愚かさも。

全部ひっくるめての、ふたりだから。

「航大さんは帰ってきます」

「えっ」

驚いたように目を見開いた渋谷を、美桜は真正面から見つめた。

何ものにも侵されることのない、晴天の空のような眼差しだった。

「お客様やクルーのみなさんや、それに機体だって守って絶対無事に帰ってきます。だって……私とそう約束してくれたから」

航大を信じる美桜の強い気持ちが、きっと航大を無事に戻してくれる。

そんな簡単なことに、どうして気づかなかったのだろう。

美桜の言葉に、渋谷はしばらく面食らったように目を見開いて黙っていたが――やがて大きくため息をつくと、優しく目を細めて笑った。

「なぁんだ、つまんない。全然釣られてくれないのね」

「えっ」

「あなたに揺さぶりをかければ、まだ勝算はあると思ったのになな」

渋谷はふざけたように「チッ」と舌打ちをすると、長い足をだらんと投げ出した。

硬い鎧《よろい》で覆われた彼女の素顔が、穏やかに浮かび上がる。

柔らかく大らかで、とても可愛い人。

本当の渋谷は、きっと今目の前にいる優しい女性なのだろう。

入社以来、航大や関谷が彼女と親しく過ごしてきた理由が、今なら美桜にもよく分かる。

「奥様に懺悔《ざんげ》するわね。私……野口君がずっと好きだった。新卒で入った時からずっと。彼がパイロットになるずっと前から」

渋谷はそう言うと、細いピンヒールのつま先に視線を落とす。

「でも後輩にあなたと野口君のことを聞いて……前回フライトで一緒になった時に、みっともなく泣きながら彼を問いただしたのよ。本当なのか、私にはもう可能性はないのかって必死で迫ったの。でも……野口君、即答だったわ。お前の問題じゃない。俺には最初から彼女しかいないってね。……凄くショックだったわ。私、異動の件もあって、もの凄くナーバスになってたから」

「異動って……」

「私、成田に移るの。社内で大幅な組織改編があってね。以前から成田で新人の教育をしてくれないかって打診はあったんだけど、私、断ってた。せっかく野口君が羽田に来たのに、離れるのがいやだったの。情けないでしょう。でも私、本当はそんな女なのよ」

完璧な容姿とキャリア。

誰もが憧れる渋谷が、キャリアよりも大切にしていた恋。

その一途さに、美桜は胸を突かれる。

「私、もう行くわね」

さらりと立ち上がった渋谷が、慌てて腰を上げた美桜にもう一度まっすぐ視線を向けた。

清々しい眼差しだった。

「あなたと野口君の画像をSNSで拡散したCAは、今、コンプライアンスの専門部門が調査をかけているわ。おそらく懲罰の対象になるでしょう。あなたに対するいやがらせに関しては、あなたの会社の判断にお任せします」

渋谷はそう言うと、美桜に深々と頭を下げた。

「この度は弊社の社員がご迷惑をお掛けして申し訳ありません。それに……バカな同期があなたにした愚かな行動も……」

渋谷はそう言うと、小さくため息をつく。

そして困ったように笑うと、美桜の顔を覗き込んだ。

「関谷君の様子が変だったから、ちょっと誘導したらあっさり白状して。……あなたに乱暴な真似をしたそうね。本当にごめんなさい。友人として、私からも謝罪するわ」

美桜に向かってまた頭を下げる渋谷に、美桜は黙って首を振る。

「私からもしっかり注意しておいたから、もう何もしないと思う。……あとはあなたと野口君で何とか決着をつけて。……そんなに悪い奴じゃないのよ。バカみたいに単純なところは除いて」

そう言って肩を竦めると、「それじゃ、またね」と言って、渋谷は美桜の前から去っていく。

その後ろ姿を見送り、美桜は胸の中に湧き上がる強い気持ちを抱き締めながらその場から駆け出した。


ターミナルの最上階。

天気のいい日には多くの人でにぎわう展望デッキに、今はひとりの人影もない。

美桜は吹きすさぶ風を腕で遮りながら、空を仰ぎ見る。

羽田上空は相変わらずの荒れ模様だ。

雨はずいぶん小降りになったが、依然として強い風が吹きつけている。

航大の担当する便は定刻をすでに過ぎていたが、スマートフォンで確認してもまだ到着のサインは出ていない。

美桜は分厚い雲が立ち込めた、遥か上空に視線を馳せる。

（航大さんたちは、まだこの雲の上だ）

美桜は強い風に髪を靡かせながら、スマートフォンに指を滑らせる。

ついさっき、航大の勤務する航空会社の国際便が着陸した。

定刻では航大の便より到着時間が遅い便だが、きっと燃料の関係で優先的に着陸したのだろう。きっと空の上では、まだ多くの便が着陸の順番を待っている。

（きっと航大さんの飛行機も、もうすぐ下りてくる）

美桜はそう信じ、薄墨色に雲が立ち込めた上空をじっと見つめる。

するとその時、まったりしたグレーの雲の中から、すらりとした流線型の機体が姿を現した。

（あっ……）

両翼に一基ずつのエンジンを備えたワイドボディ。

強い風に煽られながらも力強く態勢を保った機体が、ライトを点滅させてゆっくりと下降してくる。

（あっ……航大さんだ）

美桜の直感がそう確信させる。

あのコックピットの中に、操縦桿を握る航大がいる。

（航大さん、頑張って……）

ときおり吹きつける強風に、巨大な機体がゆらりと揺れ動く。

それでも何とか気まぐれに吹き抜ける魔物のような風を避けながら、風が止んだその隙をぬって機体はバランスを保ったまま滑走路に滑り込んでくる。

見とれるような美しいランディング。

空気を切り裂くようなエンジン音の後、機体は急速に減速してボディを安定させると、その後は滑走路から離脱して、まるで危なげなく仲間たちの待つスポットへ向かっていく。

（航大さん……よかった……）

スマートフォンで確認すると、航大の便には到着済みのステイタスと、出口の案内が表示されている。

硬く張りつめていた身体から力が抜け、美桜は思わずその場に座り込んだ。

「よかった……航大さん、お帰りなさい……」

艶やかに濡れた滑走路を滑る、凛々しい機体の後ろ姿。

その雄姿を見つめながら、美桜の胸は安堵と喜びでいっぱいになるのだった。

駐車場に航大がやってきたのは、それから約二時間ほどたった頃だった。

美桜がコンクリートの柱の陰からおずおずと姿を現すと、航大は目を見開いて少しの時間固まった後、ようやく口を開く。

「美桜、待っててくれたのか」

「はい。あ、あの……航大さん、お帰りなさい……」

美桜がやっとの思いでそう呟くと、航大は大きな荷物をその場に下ろし、何も言わずに美桜の身体に腕を回す。

力任せにぎゅっと抱き締められ、美桜の身体がしなるように反り返る。

「わっ……あ、あの、私、さっき展望デッキでびしょびしょに濡れちゃって……」

「知ってる。コックピットから見えたから」

「う、嘘……そんなの見えるわけ……」

慌てて航大の顔を見上げると、言葉の続きは彼の熱い唇に呑み込まれてしまった。

唇ごと食べられて、奥まで入り込むような熱いキス。

久しぶりの航大の体温と匂いに、美桜はすぐに酔っ払っぱらってしまう。

しばらく夢中で貪るように求め合ったら、ようやく唇が離れる。

「待っててくれるなんて、思わなかった。こんなに濡れて……連絡をくれたら、どこか暖かい場所で……」

美桜を抱き締めたまま、まだほんのすぐ傍にある航大の唇が言葉を切った。

そしてわずかな沈黙の後、フッと目を伏せる。

「俺のところには、もう帰ってきてくれないかって……」

まるで迷子の子どものような頼りなげな眼差しに、美桜の胸が締めつけられるように疼く。

何もかもが完璧に見えるけれど、きっとこの人はとても不器用なのだ。

大切になればなるほど、失うことを恐れてしまう。

「ランディング、お疲れ様でした。……すごくかっこよかったです。飛行機もパイロットも」

「当たり前だろ。乗客乗員、それに機体だって絶対に傷つけたりしない。……なんて、本当は隣から高梨さんの指示がバシバシ入って、命拾いしたんだけどな」

美桜を抱き締めたまま、航大がクスリと笑った。

航大が笑ったことが嬉しくて、美桜は航大の大きな身体を抱き締めるようにぎゅっと腕を回す。

「信じてたから」

「えっ……」

「私、信じてました。航大さんは絶対無事に帰ってくるって。だって……だって蛍を見た夜に約束してくれたから」

夢のように儚い蛍たちに自分たちを重ねたあの夜、美桜は航大にすべてを捧げた。

それぞれの宿命。

与えられた時間の中で燃やす命の美しさ。

航大との約束は、美桜がこれから生きていくことの意味でもある。

お互いを愛でて尊び……ただひたすらに信じる。

「……ああ。何度だって約束する。俺は……俺の帰る場所は、一生美桜だから」

彼の力強い言葉に、美桜に笑みがこぼれた。

背伸びをして、背の高い航大の首に腕を巻きつける。

笑い合った顔と顔が近づき、ほんの近い距離でふたり見つめ合った。

「航大さんも、私を信じて」

「美桜……」

「私、もうあんなのは絶対いやです」

美桜の呟きに、航大が切なげに目を細める。

「ごめん……俺……関谷に美桜を奪われるんじゃないかって……」

「……どうして。私が好きなのは航大さんだけなのに」

「美桜、関谷にすごく懐いてただろう。俺が強引に結婚に持ち込まなきゃ、美桜の相手はもしかしたら関谷だったかもしれないって」

航大はそう言うと、フッと目を逸らしてしまう。

寂しささえもひとりで受け止めようとする航大に、美桜の心がひりひりと痛んだ。

「そんなわけないです！　私が好きなのは航大さんなのに」

「美桜を疑ってるわけじゃないんだ。でも……時々、不安でどうしようもなくなる。いくら抱き締めて愛しても、いつか美桜が突然いなくなるんじゃないかって……」

美桜は苦しげに言葉を紡ぐ航大をもどかしく思いながらも、あることを思い出してはっとする。

（もしかしたら、お父さんとの別れが、航大さんの傷になっているのかもしれない……）

航大の両親が離婚した理由は、父親の不義が原因だったと聞いた。

航大や母親が知った時にはすでにもう子どもまでいたのだという。

その悲しい裏切りが、航大にどれほどの傷を残したのか。

信じていたからこそ深い傷を負った悲しい記憶が、航大を不安にさせているのかもしれない。

彼の柔らかな心に染みついた悲しみを思い、美桜は思わず彼の頬を両手で包み込んだ。

そして背の高い彼の顔をぐっと引き寄せ、憂いに満ちた黒い瞳を覗き込む。

「航大さん。私……私は、航大さんの傍から絶対にいなくなりません」

「美桜……」

「どんなことがあっても離れない。航大さんがもういやだって言っても、傍から離れません。だから……だからもう不安にならないで」

縋るような気持ちで必死に伝える美桜を、航大はただ黙って見つめている。

どんな言葉でも足りない気がする。

航大を大切に思う気持ち。

恋い慕う思慕。

憧れと尊敬。

そんなよそ行きの言葉より、もっと強く鮮烈な感情が、美桜の中に溢れていく。

「美桜……分かった。もう分かったから」

いつの間にか溢れていた涙でぼやけた大好きな黒い瞳が、美桜を優しく映し出す。

長い指が涙を拭い、彼の頬に添えていた手を引き寄せられて広い胸に閉じ込められた。

「……やっぱり美桜には敵わないんだな」

温かな胸に抱かれながら、頭の上で優しい声がする。

触れ合う逞しい身体から伝わる愛しい人の存在を、美桜は確かめるように顔をぎゅっと押しつける。

「……信じるよ。美桜のことも、美桜との明日も。……それに、自分自身のことだって」

「航大さん……」

「日本中、世界中のどんな場所にいても、心はずっと一緒にいる。……そんな当たり前のことに気づけないでいた。ごめん。それに……ありがとう」

優しい声。

航大の深い愛情が美桜の中に流れ込み、ゆっくりと広がっていく。

生まれたばかりの無垢で瑞々しい幸福が、固く抱き合う美桜と航大の心と身体を隙間なく満たしていく。

(航大さん……よかった。私、一生あなたの傍にいます……)

狂おしいほどの愛しさが美桜を貫き、もうわずかな瞬間も彼と離れられなくなる。

「……美桜、帰ろう」

美桜を抱き締めていた逞しい手が身体を引き寄せ、助手席に押し込められる。

「もう我慢できない。……抱きたい」

情熱的な夫のかすれた声が、美桜の鼓膜を甘く震わせていた。


寝乱れたベッド。

白くたゆたうシーツには、激しく狂おしい愛の残滓《ざんし》があちこちに散らばっている。

あれから、美桜と航大は追い立てられるような気持ちで自宅マンションに帰宅した。

地下駐車場からはやる気持ちでエレベーターに乗り込み、もどかしさに耐えながらドアのロックを解除して玄関に足を踏み入れると、すぐに航大の容赦ないキスが降ってきた。

舌をきつく絡め合いながら互いの服を剝ぎ取り、廊下に脱ぎ散らかしながら寝室へと向かっうと、航大の逞しい腕が美桜をベッドへと運ぶ。

それからは、もう息をつく暇もない愛の交わりが待っていた。

どれだけ与え合ってもまだ足りない。

まるで永遠に涸れない泉に辿り着いた旅人のように、飢えた航大がいやというほど美桜を貪り尽くす。

いったいどれほどそうしていただろう。

情熱の炎がようやく燃え尽き、美桜が幸福に包み込まれてくったりと身体を預けていると、腕枕で抱き寄せる航大がぽつりと口を開いた。

「そう言えば、フライトの後、関谷に非常階段に呼び出されたんだ」

「えっ」

航大の言葉に、美桜の胸がドキリと大きく波打つ。

(非常階段だなんて……まさかまた何かあったの？)

心配げな美桜の声に、航大が優しく笑う。

「心配するな。あいつ、謝ってきたんだ。『乱暴な真似をして本当に申し訳ない。どうかしてた』って。階段の踊り場で土下座までして粘るから仕方なく許してやったけど……美桜はそれでよかった？」

「はい。関谷さんは今でも、大切なお友達ですから」

航大と関谷、それに渋谷との関係は、感情を超越した崇高な思いで繋がっている。

国内有数のエアラインとしてのプライド。そして義務。

それぞれの分野で切磋琢磨して高め合ってきた彼らの世界には、美桜には決して入り込めない固い絆がある。

それは美桜も同じだ。

一杯のコーヒーで人の心を癒やすことが、美桜たちのプライド。

混じりけのない純粋な志を持つ美桜と真子とは、航大を愛するのとは別の場所で強く繋がっている。

それぞれの世界で輝けてこそ、愛する人と肩を並べることができるのだろう。

「関谷に聞いたよ。この間の旅行で、誰かに写真を撮られてたって。そのせいで、美桜がいやがらせをされていたことも……美桜、つらい目にあわせて本当にすまない」

「航大さん……」

「それに、関谷が撮った俺と渋谷の画像のことも聞いた。……ったく、だから関谷に俺たちのことを言うのはいやだったんだ。あいつ、人のよさそうな顔をしてえげつないほど策士だからな」

航大は忌々《いまいま》しそうに呟くと、短い息を吐く。

そして美桜に顔を近づけると、穏やかな笑みを浮かべた。

「美桜、それに実はもうひとつ話すことがある。高梨キャプテンも結婚するんだけど……相手は誰だと思う？」

「えっ」

航大の言葉に、美桜は首を傾げる。

こんな風に問われるということは、相手は美桜の知っている人だろうか。

美桜が知る航大の同僚はあまり数は多くない。

すぐに思いつくのは渋谷だが、彼女が思いを寄せていたのは航大なのだから、その線はないだろう。

返答に困っていると、わずかに微笑んだ航大が美桜の耳元でそっと囁いた。

「野村さんだ」

「野村さんって……えっ、真子さん⁉」

美桜が思わず大きな声をあげると、航大が目を細めて微笑む。

「まだ外部にはオフレコだけど、フライトの後、高梨さんに美桜には伝えておいてくれって言われた。野村さん、美桜に言う機会を逃してるみたいで……来月、報告会を兼ねたホームパーティーを開くから、ふたりで来て欲しいって」

予想外の新事実に美桜はしばらく呆然としていたが、やがてようやく口を開く。

「真子さんの恋人が、高梨キャプテン……」

「お互い成田で仕事をしていた時に知り合ったらしい。俺たちの結婚を報告した時、高梨キャプテンに聞いたんだ。あんなに歯切れの悪い高梨キャプテン、初めて見たよ」

航大は思い出したようにクスリと笑みを漏らし、美桜を見つめる。

バリスタの先輩であり美桜の憧れである真子は、強い女性だ。

だからきっとどんなに悪天候のフライトでも、揺らいだりしないのだろう。

彼の方もまた、そんな真子を信じて業務を全《まっと》うしているに違いない。

自分もいつか、そんな揺るぎない関係を航大と築けるようになりたいと、美桜は心から思う。

「それで……チーム内のパイロットがふたりとも空港内の同じカフェの女性と結婚することになるだろう。別にやましいことはないけど、少し話題になるだろうから、社内が落ち着いた頃に報告した方がいいんじゃないかって話になって。実は今、社内で大幅な組織改編が予定されていて」

「あ……渋谷さん、成田に異動になるって」

「知ってたのか」

「……はい。今日、偶然お会いして聞きました」

美桜が躊躇いながら答えると、航大は観念したように短い息を吐く。

「この間、渋谷に好きだと告白された。もちろん、俺には美桜しかいないって伝えたけど……。

渋谷がふらふらになって泣いて、転びそうになったから咄嗟《とっさ》に身体を支えた。それがあの写真に写ってた全部だ。……黙っててごめん」

航大の言葉に、美桜は首を振る。

「私だって……ちゃんと航大さんに聞くべきでした。……本当にごめんなさい」

正面から航大に問えなかったのは、美桜の心が弱かったからだ。

それに、問いただして彼を失うことが怖かった。

大切なものを手にしたら、人は誰でも臆病になってしまうのかもしれない。

「謝らないでくれ。俺だって……美桜に本当のことを聞くのが怖かった。どうしても美桜を失いたくなくて、美桜を傷つけて……本当にすまなかった」

航大の黒い瞳が後悔に滲む。

苦しげに顔を歪める彼の手を美桜はそっと握った。

「もういいんです。私だって渋谷さんとのこと、ちょっとだけ疑いました。それに……嫉妬だって。ちゃんと考えたら、そんなわけ絶対ないのに」

「美桜……」

普段なら十分に理解できることでも、愛や恋が見え隠れすると迷ってしまう。

美桜も航大も、関谷や渋谷だって。

恋をすると、人はこんなにも無力になるものなのだ。

でも……。

「……やっぱり、関谷さんたちには言えばよかったですね」

「えっ……」

「私たちのこと。事情を話せば、きっと誰にも言わないでくれたと思います。それに、はっきり伝えれば、あんな感情のもつれは起こらなかったような気がするし」

「……それはどうかな」

ぽつりと呟いた航大の乾いた言葉に、美桜は驚いて顔を上げる。

すると航大のきれいな形の眉が、険しく眉間に寄せられているのが目に入った。

「渋谷はともかく、関谷はダメだ」

「えっ……どうして」

「最初から美桜の相手が俺だと知ってたら、あいつは絶対に美桜を奪いに来ていたはずだ。だから俺は、ちゃんと美桜が俺のものになるまで……」

最後はごにょごにょと言葉を濁す航大に、美桜は目を見開く。

「航大さん……もしかして」

「何だ」

「それって、もしかして、関谷さんにやきもち……」

驚きで目をぱちくりし、大きな瞳でじっと見つめる美桜に、航大が焦れたような眼差しを鋭く返す。

「あぁあ！　もう！」

柔らかな追及を遮るように、航大の腕が荒々しく美桜の身体を組み敷いた。

野生動物のようなしなやかな身体が、美桜の身体を強い力で拘束する。

ほんの少しまなじりを染め、飢えた獣のように瞳を煌めかせる夫に思わず目を奪われ、美桜は愛しさでゆるゆると目を細める。

「俺以外、もう誰のことも見えないくらい……考えられないくらい愛してやる。……美桜、覚悟しろよ」

航大の言葉に、美桜はゆっくりと微笑む。

最初から、航大以外見えていなかった。

そしてきっと航大も、どこにいても自分を探してくれるのだと——だから美桜も静かな光を放ちながら彼を待てばいいのだと、次第に高鳴っていく胸の中で思うのだった。

青空の約束～side航大～

高梨キャプテンの自宅は、海の見える高台に建つこぢんまりとした一軒家だ。

あらかじめ教えてもらっていた最寄りの駅で降りるとタクシーで十分ほど坂道を登る。

目的地の少し手前の広い通りでタクシーを降りると、教えられた住所を頼りに航大と美桜は入り組んだ細い坂道を登る。

閑静な住宅街。

この辺りは空港へのアクセスが容易なせいか、同僚の居宅が多い。

そう言えば誰かの家もこの辺りだったと記憶を辿りながら進むと、日当たりのいい南向きの芝生の庭で数人の人影が作業しているのが目に入る。

「あ、野口さん！　おはようございます！」

航大の姿を見つけてぶんぶんと手を振るのは、後輩パイロットの白石《しらいし》だ。

その隣には、首にタオルを巻いた関谷の姿もある。

爽やかな夏の日差しが燦々と降り注ぐ芝生にはバーベキューの用意がされていて、どうやら火おこしをしている最中だったらしい。

航大たちが門扉の前まで辿り着くと、関谷が内側から門を開けてくれる。

「野口、お疲れ。場所、すぐ分かったか」

「ああ。ごめん、ちょっと遅くなったな」

「いや、俺もさっき来たところだ。……美桜ちゃんも、おはよう」

「おはようございます、関谷さん。今日はお天気でよかったですね！」

美桜はにこにこしながら関谷に言うと、黒目がちな瞳をきらきらさせてバーベキューセットを眺める。

「わぁ、豪華なコンロ……鉄板も大きい！」

「ああ。高梨キャプテンが今日のために用意してくれたんだ。美桜ちゃん、旨い肉を買ってきたから、たくさん食えよ」

「はい！　楽しみです」

嬉しそうに答える美桜に、関谷が目を細めて優しい笑顔を浮かべる。

あれから約一か月、俺と関谷、そして美桜の関係は、以前のように——いや、それ以上に気の置けない、穏やかで心地いい間柄に落ち着いた。

あの嵐の日の翌日、カフェにやってきた関谷は美桜にいつものカフェラテを頼み、そして美桜に自分の行きすぎた行動についての謝罪をしたらしい。

人目のあるカフェだから自分の時のように土下座はしなかったらしいが、悲惨なほど憔悴しきった関谷の様子に美桜も心配したのだろう。

美桜も自分にもきっと落ち度があったからと関谷に詫び、また以前のように店に来て欲しいと伝えたそうだ。

「野口、高梨キャプテンに挨拶したらこっち手伝ってくれ。美桜ちゃんは中を頼む」

関谷は朗らかな笑顔を浮かべると、「お前に任せてたら日が暮れる」と言って炭火と格闘していた白石から団扇《うちわ》を受け取っている。

開放されていた玄関口から「お邪魔します」と声を掛けると、すぐに高梨キャプテンと真子が姿を現した。

普段は落ち着いた表情を崩さない高梨だが、今日は見たこともない甘い笑顔だ。

隣にいる真子も普段カフェで見かけるクールさはどこへやら、全身から溢れ出る幸せオーラで誰が見ても輝いている。

「野口、美桜さんもよく来てくれたな。タクシー、すぐ捕まったか」

「はい。今日はお招きありがとうございます。すみません、遅くなりました」

「いや、ぼちぼち集まり始めたところだ。さ、上がってくれ」

そう促され、靴を脱いで家に上がらせてもらう。

「おはようございます。今日はおめでとうございます。あの、これ……みなさんで召し上がってください」

リビングダイニングに移動しながら、美桜が持ってきた紙袋を真子に渡している。

中身は最近大人気のパティスリーで買ったショートケーキだ。

「わぁ、ありがとう！　ここのケーキ、食べてみたかったの」

「私もです。ふふ、多めに買ってきたから、後でいっぱい食べましょう」

背後で美桜と真子が嬉しそうに笑っている。

愛する女性の幸福そうな様子に、航大と高梨にも自然に笑みが浮かんだ。

今日のホームパーティーは、高梨と真子の婚約を祝う内々の集まりだ。

先日発表された組織改編と人事異動に伴い、改めてチームの結束を再構築しようと高梨が以前から企画していたものだが、それよりも大きな目的は高梨の伴侶となる真子をチームのみんなに紹介すること、そして航大と美桜の結婚の報告をすることだった。

高梨としては名実共にチームをけん引する自分が表に立つことで、真子や美桜、それに航大に降りかかる負担を少しでも軽減しようという考えだったらしい。

結果的に航大と美桜のことは先に知れ渡ってしまったが、長年独身を貫いていた高梨の結婚相手が美桜の職場の先輩だったことが分かって、航大を取り巻く周囲の噂は急激に沈静化していった。

何の憂いもなく仕事に励めるようになった美桜の姿に航大は心底安堵したが、高梨のように最愛の人を守れなかった自分を心から不甲斐なくも思う。

(やっぱり俺は、まだまだ未熟だ)

リビングに入ると、キッチンで数人の女性たちと一緒に渋谷がバーベキューの準備をしているのが目に入る。

渋谷は今月の初め、成田に異動になった。

担当は国際線だが、彼女が配属されたのは新しく立ち上がったハイクラスな接遇の教育部門だ。

航大の会社は国内トップクラスのエアラインだが、大型機の長距離フライトについてはまだまだ改善の余地がある。

海外の競合他社から利用客を引っ張るには、他社にはないサービスを提供することが必須だ。

そこで白羽の矢が立ったのが渋谷だった。

ごく若い頃から、渋谷はCAとして高く評価されていた。

マナーや身のこなしはもちろんだが、何より彼女の持つホスピタリティの質が高く、お客様からの彼女を名指しでの賞賛や感謝の言葉が絶えない。

まさに会社の顔と言ってもいい存在の渋谷が、そのホスピタリティを次世代のＣＡたちに受け継がせる——それが今回上層部が彼女に与えた使命だ。

最初に打診があった時、渋谷は悩んだようだったが、上層部や尊敬する上司の後押しもあって、彼女は自ら異動を決めた。

航大との関係も、その後多少の気まずさはあったものの、すぐに持ち前のバランス感覚で通常運転に戻った。

航大にとっての渋谷は、勝手かもしれないが同期入社という括《くく》りより仲間という感覚の方が強い。

今よりも高い場所を目指す向上心と、目標に向かうひたむきな努力。

言葉で言うのは簡単だが、実際に向き合える人間はあまりいない。

恋や愛とは違う次元で繋がる稀有《けう》な仲間なのだと、今でも航大は信じている。

フッと顔を上げた渋谷に軽く手を上げると、アイコンタクトで返事をよこす。

渋谷は二、三人のＣＡたちに指示を飛ばしながら、膨大な量の食材の下準備をしてるようだ。

そう言えば美桜にいやがらせをしたＣＡは、いったん事務の部署へ異動になった後、渋谷の口添えで成田に移ってきたらしい。

一から育て直すから、どうか自分に預けて欲しい、と渋谷が上司に掛け合ったそうだ。

まだ当分搭乗することはできないだろうが、いつかまた空で会えたら、と心から思う。

「あら、美桜ちゃん、こんにちは」

「あっ、おばさん、こんにちは！　今日はありがとうございます！」

美桜の傍に駆け寄ってきたのは。真子の母親だ。

早くに父親を亡くした真子は母親とふたり暮らしだ。

しかし最近、母親は長年の無理がたたり、少し大きな病気をしたらしい。

たったひとりの大切な肉親の病気に真子はたいそう心配したが、その時彼女を支えたのが高梨だった。

その結果ふたりの絆が強まって結婚へ一気に話が進んだそうだが、自分が結婚した後の母親を心配した真子に、高梨は迷わず同居を提案したそうだ。

高梨の両親はまだ健在だが、故郷で兄夫婦とのんびりした老後を送っているそうで、実家も遅咲きの高梨の結婚にもろ手を挙げて賛成しているらしい。

「あっ、おばさん、紹介しますね。しゅ、主人です！」

（美桜、赤くなってる。……可愛いな）

頬を染めながら紹介する美桜に、航大は悦《えつ》に入りながらそっと寄り添い腰に手を回す。

「初めまして。野口です。いつも美桜がお世話になっております」

航大が礼儀正しく頭を下げると、真子の母親に、にんまりとした笑みが浮かぶ。

「あら、この方がご主人？　美桜ちゃん、素敵な旦那様ねぇ」

「えっ⁉　えっと、えへへ……」

真っ赤になってテレまくる美桜に優しく笑いかけると、真子のお母さんは航大に向かってにこにこしながら言う。

「ご主人も、美桜ちゃんと仲良くね。こんなに可愛いお嫁さんをもらったんだもの。大切に大切に、宝物みたいに可愛がってあげてちょうだい」

どこか意味ありげに言う真子の母親に、航大の胸がドキリと大きく波打つ。

（何でだろう。何だか胸がざわざわするな……）

そう言えば……関谷の一件で美桜を傷つけてしまった翌日、美桜は航大の待つ部屋に戻らず真子の家に泊まった。

もしや真子の母親には、何か感じるものがあったのだろうか。

動揺する胸を押さえつつ、航大は姿勢を正してふっくらとした穏やかな顔に視線を向ける。

「はい。肝に銘じます。大切に大切に、愛していきます」

航大の言葉に、隣にいる美桜がますます赤く顔を染める。

そしていたたまれなくなったのか、「わ、私も手伝ってきますね！」と真子と一緒にキッチンへ行ってしまった。

残された航大に、真子の母親がふわりと優しい笑みを浮かべる。

そしてキッチンの中でみんなと笑い合う真子や美桜を見つめながら、しみじみと言った。

「野口さん、美桜ちゃんが来てくれてから、娘はとても明るくなったんですよ。毎日仕事が楽しいって」

「こちらこそ、真子さんにはいつも助けて頂いていると聞いています」

「それはお互い様。あの子たち、本当に一生懸命だもの」

真子の母親はそう言って言葉を切ると、小さなため息をついた。

「真子は、昔から手先が器用でね。大学生の時にカフェでアルバイトを始めたら、すっかり虜になってしまって。アルバイト先にそのまま就職して、たまたま出場した大会で優勝を頂いて」

「世界中のつわものが集まる大会でまぐれはありません。真子さんは天才的なバリスタだと、美桜がいつも興奮しながら話してくれます」

「美桜ちゃんはいつも心から娘を褒めてくれるわね。でも、みんながみんな美桜ちゃんみたいなわけじゃないの。中には、とてもひどい意地悪をする人もいたわ」

そう言うと、真子の母親は視線を落とす。

「成田のカフェから羽田に異動になったのも、職場でトラブルがあったからなの。……結果的には真子が追い出される形で、新店舗としてオープンした羽田に召集されたのよ」

航大の脳裏に、いつか見た真子のラテ・アートが思い浮かぶ。

確かに真子の描くラテ・アートは、普段目にする他店のものとはレベルが違う。

才能、という言葉がぴたりと当てはまる彼女の仕事ぶりは航大の周りでもときおり話題になるほどだが、逆にそれが彼女を苦しめるなんて、あまりにもナンセンスな話だ。

あまりの理不尽さに航大が黙り込むと、真子の母親は申し訳なさそうな顔で続けた。

「ごめんなさい、おめでたい日にこんな話……でも美桜ちゃんの旦那様の野口さんには知っておいてもらいたくて……どうしてもお礼が言いたかった。本当にありがとう。これからもどうか娘と仲良くしてやってね」

「こちらこそありがとうございます。夫婦ともども、末永くよろしくお願いします」

航大が頭を下げると、真子の母親はようやく安心したように笑って、娘たちのところへ戻る。

そしててきぱきと身体を動かしながら、真子や美桜や渋谷や——その場にいるすべての人たちを優しい眼差しで包み込むのだった。

それから間もなく、バーベキューが始まった。

航大は開け放たれたリビングに座って、大騒ぎしながら芝生でステーキ肉を焼く関谷や、その様子を楽しそうに見守る美桜たちを眺める。

テーブルの上には真子の母親が腕によりをかけて作った生ハムのサラダやほうれん草とサーモンのキッシュ、アンチョビのピッツァやミモザエッグなどの前菜が並び、航大や白石が持ち込んだワインやシャンパンがそれぞれのグラスに注がれている。

航大もチューリップの花に見立てたフルート型のグラスにキリキリに冷えたブリュットのシャンパンを注いでもらい、のんびりとグラスを傾けている。

「みんなー、肉が焼けたぞー」

トング片手に、関谷が大声で叫んでいる。

関谷が焼いているのは、見るからに高そうな霜降りの国産牛。

「ダブルのお祝いだから奮発した」と関谷は言っていたけれど、きっと彼なりの贖罪《しょくざい》の気持ちの表れだろう。

「おい、野口、肉、なくなるぞ!」

庭先から関谷が叫んでいる。

航大は関谷に向かってグラスを傾けると、「俺はいいから、女性に食べさせてやれ」と返事を返す。

実際、今日は高級なシャトーブリアンより飲む方がいい。

最高のつまみもあるし、何より海と青空が気持ちいい。

シャンパンを二、三杯続けて飲んだら、今度はワイングラス片手に高梨が腰かけるソファへと移動する。

「野口、珍しく飲んでるな」

「はい。今日は無礼講ってことで……高梨キャプテンはウィスキーですか」

航大が手元のロックグラスに視線を落として言うと、高梨は柔らかく笑ってグラスを掲げる。

「ああ。昔から好きな銘柄なんだ。……お前も飲むか」

「ご相伴に与《あずか》ります」

航大がそう答えると、高梨が立ち上がってグラスと氷を持ってきてくれる。

国産のメーカーが手掛けるその銘柄は、あまり洋酒に詳しくない航大でも知っている有名なウイスキーだ。

高梨はカットグラスに大ぶりな氷を入れると、洗練されたデザインの瓶から琥珀色の液体を注いでくれる。

口に含むとシャンパンやワインとは比べ物にならないほどのアルコール度数が、口内の粘膜を痺れさせた。

「……どうだ。シャンパンやワインと違って、ガツンと来るだろう」

「はい。……旨いです。この喉がひりつく感じが」

「そうか。お前もいける口だな」

高梨は喉の奥でクッと笑うと、穏やかな表情で庭先を眺める。

高梨の視線の先では、関谷の焼いた肉を切り分けてみんなに配る真子の姿があった。

類《たぐい》まれな才能を持ちながらも控えめで——改めて考えると、高梨と真子のカップルは、いわゆる似た者同士の組み合わせのように感じられる。

「高梨キャプテンと彼女、凄くお似合いですね」

「そう思うか」

「はい。何においても完璧で、それでいて謙虚で。俺たちとは真逆っていうか……」

航大はそう呟くと、ウィスキーのグラスを一気に呷《あお》った。

高梨に比べれば、自分はまだまだだ。

パイロットとしても、夫としても。

すると高梨は、航大に静かな視線を向けて言った。

「野口、完璧なものがすべて正しいってわけじゃない。いや、そもそも世の中に最初から完璧なものなど存在しない。最初の一歩は誰だって拙《つたな》くて脆弱《ぜいじゃく》だ。その儚い存在が、途方もない年月を積み重ねて芳醇《ほうじゅん》で力強い存在になっていくんじゃないのか」

「キャプテン……」

「野口、出来上がったばかりのウィスキーを飲んだことがあるか。ウィスキーってやつは、最初は無色透明の、ただ度数が高いだけのアルコールなんだ。それが樽の中で熟成させればさせるほど芳醇な味と香りが生まれる。樽と酒の相性もある。その中でも、長い年月を乗り越えたものだけが最高峰の酒になる。ま、粘ったもん勝ちってとこだな」

高梨はそう言って笑うと、空になったグラスにまたウィスキーを注いでくれる。

そしてグラスを片手に立ち上がった。

「今日の分はこれで終わりだ。今度はゆっくり飲めよ。幻の二十五年モノだ」

嚙んで含めるように言い、指をさして念押しして——芝生に向かい、真子の傍らに寄り添う高梨を見つめながら、航大は今度はゆっくりとグラスの中身を口に含む。

まろやかさと豊かな香り、そして痺れるような刺激と喉に残るほろ苦さ……こんなに深く心と身体に残る酒を飲んだのは初めてだった。

幻の二十五年モノ。

自分と美桜の二十五年後は、いったいどんな風なのだろう？

かなたには青い海と空。

どこまでも澄み渡る鮮やかな青に視線を馳せると、遥か上空を横切る機体が一筋の飛行機雲を引いて飛んでいるのが目に入る。

「あっ、飛行機！」

芝生で空を仰ぎ見ていた美桜が嬉しそうな声を上げた。

そして次の瞬間、航大に視線を移す。

何度も繰り返されてきたデジャヴのように、遠い日の記憶が鮮明に蘇る。

——人間は空を飛べないのに、飛行機に乗れば鳥より高く遠くへ行けるもん——。


ああそうだ。

美桜はあの頃から、航大の夢への道しるべだった。

鮮やかに夢の舞台へと誘った、幸福な思い出の中の少女。

行きすぎた愛にのたうちまわる航大は、きっとこれからも美桜を泣かせるのだろう。

様々な経験を経て、熟成されていく二人の物語。

「航大さん……はい、お肉。航大さん、食べられる？」

いつの間にか隣に座っていた美桜が、心配そうに顔を覗き込んでいる。

海から吹きつける風が心地いい。

高梨秘蔵の二十五年モノは、やけに回るのが速い。

「航大さんたら、酔っ払っちゃったの？　ふふ、いいですよ。でも、もうお酒はほどほどにしてくださいね」

恥ずかしそうに笑いながら、美桜が航大の背中に手を回した。

柔らかな身体と体温。

甘い香りが航大を誘い、思わず柔らかな胸に凭れかかる。

女の子たちのさざ波のようなクスクス笑い。

それに、頬に触れる覚えのある柔らかな感触。

「美桜」

「何ですか」

「……好きだ。愛してる。一生俺から離れないで」

その言葉に、美桜は「航大さんたら、酔っ払ってる」と困ったような声を出す。

少し離れた場所から関谷が「バブみ野口」などと囃《はや》し立てる声が聞こえ、またみんなが一斉に笑った。

膝枕で航大を覗き込む美桜は顔を真っ赤にして、それがまた可愛くて——何だか悪くない気分だ。

「航大さん、みんなが見てます。……恥ずかしい」

「いいだろ。新婚なんだから。……美桜が好きなんだから」

心の底からの思いを吐き出すと、またみんなが笑った。

とても平和な、週末の午後。

誰に何を言われても構わない。

美桜が好きだと世界中に触れ回りたい。

「航大さんたら……もう」

閉じた瞼の向こう側で、柔らかな抗議の声がする。

愛する妻に笑いながら、航大は彼女の手を握る。

どんなことがあっても、もうこの手を絶対に離さない。

「美桜、俺と……百年モノになって」

その日、したたかに酔った航大は、夕焼けが空を染める頃まで、美桜の優しい手に髪を梳かれながら、浅く幸福な夢を見るのだった。

エピローグ

「やっぱり、ハワイは暖かいわねぇ」

飛行機がホノルル空港に到着し、出国手続きを終えると、開口一番、母が言った。

「そりゃそうだろう。常夏《とこなつ》の国なんだから」

「それに何だかカラッとしてる。日本と違って、やっぱり気持ちがいいわねぇ」

ン十年ぶりの海外旅行にテンションを上げる両親に、美桜は呆れたように視線を向ける。

「もう、お父さんもお母さんもあんまり大きな声で騒がないでよ。恥ずかしいんだから」

「はいはい、分かってるわよ。それはそうと美桜、航大さんはまだかかりそう？」

「今さっき連絡が来て、もうすぐ出てこられるって」

航大と美桜が結婚してから、三か月がたった。

季節は緩やかに移行し、日本ではもう秋真っ盛りと言ったところだが、母の言う通りここは常夏の島、ハワイ。

行き交う人たちはみな開放感のあるリゾート着を身に着け、何とも優雅なバカンス仕様だ。

「航大さんのお母さんは今日の夜、こっちに着くのよね？」

「うん。でも明日の式には十分間に合うから大丈夫だって」

航大の母は今、ニューヨークに滞在中だ。

離婚後、一からスイーツの会社を立ち上げた彼女は、今では海外に複数の店舗を持つ実業家として活躍している。

来年早々に出店する新店舗の準備のため、今は様々な準備で大忙しだ。

「それで美桜、お式の打ち合わせは大丈夫なの？」

「日本を出発する前に最終のメール確認をしたから大丈夫。今日ホテルに着いたら、航大さんと衣装の試着をしにいくことになってる」

美桜の言葉に、両親がほっと温かな表情を浮かべる。

今回、美桜たちが家族揃ってハワイを訪れたのは、航大と美桜の結婚式を執り行うためだ。

あの電撃婚から約三か月。

組織改編後のチームが軌道に乗ったこともあり、航大と美桜は晴れて結婚式と新婚旅行を計画することができた。

プランは様々あったが、結局『みんな揃って楽しめる場所がいいだろう』ということになり、ハワイで結婚式をすることになった。

会社とも相談の上、航大のハワイ便勤務に絡めての休暇を取り、ホノルルで結婚式を挙げた後、航大と美桜はそのままラスベガスへ向かうことになった。

美桜の両親と航大の母は一緒に日本に向かう手はずになっている。

「美桜！　お母さんたちも、お待たせしました」

聞き慣れた声に振り返ると、そこには制服姿の航大がいる。

紺色に金のラインが入った制服に身を包む航大は何度見ても素敵だが、美桜だけでなく美桜の両親も航大の姿に大興奮だ。

「まぁ、航大さん、かっこいいわねぇ」

「本当だ。婿がパイロットっていうのも、何かいいなぁ。航大君、一緒に写真を撮ろう」

「お父さん、止めてよ。航大さんが困ってる」

両親のあまりのはしゃぎっぷりに美桜は赤面したが、当の航大は麗しい笑顔で両親に歩み寄る。

「いいですね、お義父さん、是非お願いします」

「おお、そうか。ありがとう。それじゃ、誰かに撮ってもらおう」

いそいそと両親が並び始めると、航大はさっと視線を走らせて、傍を歩いていた外国人男性に声を掛ける。

「Could you take a picture for us?」

「sure」

航大の流暢《りゅうちょう》な英語の声掛けに、男性は笑顔で答えてくれる。

ハイテンションな「Say cheese, please」にみんなで笑顔で応えると、どうしてなかなかいい写真が撮れた。

「凄い、航大さん。これ、凄くかっこいいです」

「そうか。美桜にそう言ってもらえるなら、凄く嬉しいよ」

「おっ、どれどれ。航大君、その画像、私にも送ってもらえるかな」

「もちろんです。お義父さん、アドレスを交換しましょう」

いつもは無口な父も、今日は何やらふわふわと浮ついている。

航大との電撃的な結婚に、「ふたりの気持ちが一番大切だから」と美桜の両親は何の異論も唱《とな》えなかったが、やはりひとり娘の花嫁姿を見たかったのだろう。

そう思うと、美桜には子どものようにはしゃぐ両親の姿も、愛おしく思えるのだった。


空港からタクシーに乗って両親が宿泊するホテルに到着すると、航大がチェックインを済ませてくれた。

航大が両親と航大の母のために予約してくれたのは、全室オーシャンビューで有名な人気ホテルだ。

美桜たちが宿泊する予定のホテルはウェディングプランについていた別のホテルだが、ハネムーンで利用する人が多い人気のホテルで、あいにく両親の分まで予約が取れなかった。

「それじゃ、衣装の試着が終わったら電話するね」

ホテル内のレストランで昼食を取った後、宿泊先のホテルへ出発する美桜たちを両親がエントランスまで送ってくれる。

「美桜、それじゃ、後でね」

振り返ると、走り去るタクシーが見えなくなるまで手を振って見送ってくれる両親の姿が小さくなる。

両親の温かな愛情を感じ、美桜はほっこりと優しい気持ちになるのだった。

両親の泊まるホテルからタクシーで十分ほどのホテルにチェックインすると、すぐに衣装室に案内された。

明日はこのホテルで支度をし、車で三十分ほどの教会へ向かう予定だ。

美桜はあらかじめサンプル画像で選んでおいたいくつかのドレスに袖を通し、髪型やヘッドドレス、アクセサリーの打ち合わせをする。

航大とは別々に案内されているから、彼のタキシード姿は明日までお預けだ。

（絶対、かっこいいに決まってる……）

さっきまで身にまとっていた制服も素敵だが、あの黒い髪と瞳に、漆黒のタキシードはとても映えるだろう。

美桜は鏡に映った南国らしい軽やかなウェディングドレスをまとった自分の姿を見つめながら、愛しい旦那様の姿をうっとりと思い浮かべる。

（このドレス、航大さんは気に入ってくれるかな……）

明日はいよいよ結婚式。

神様や家族の前で永遠の愛を誓うのだ。

美桜が試着を終えて部屋に戻る頃には、窓から見える景色は金色に染まっていた。

もうすぐ日が暮れる。

あと二時間もすれば、航大の母も空港に到着するだろう。

(航大さん、どこへ行ったんだろう……)

不思議に思いながらも手早くシャワーを浴びていると、リビングで誰かが動く気配がする。

慌ててバスローブを羽織って浴室を出ると、さっぱりと身繕いを整えた航大の姿が目に入る。

航大は白いシャツに濃紺のボトムを合わせ、生成《きな》りの麻のジャケットを羽織ったカジュアルな姿だ。仕事中はセットされていた髪はさらりと下ろされていて、それが彼のミステリアスな魅力をさらに際立たせている。

美桜は見慣れているはずの夫の姿に見とれながら、平静を装って言う。

「お帰りなさい。……どこへ行ってたの？」

「ああ。美桜、ちょっとこれを着てみてくれないか」

航大の手には、有名なハイブランドの紙袋が下げられている。

「これは……？」

「さっき、フロントで明日の打ち合わせをしたついでに買ってきたんだ。美桜に似合いそうな気がして」

差し出された紙袋の中を覗くと、中には薄紙で丁寧に包まれた洋服が入っている。

「開けてごらん」

促されるように瞳で微笑まれ、ドキドキしながら包みを解くと、中から出てきたのは鮮やかなローズ系の、ボタニカルフラワーがプリントされたワンピースだった。

Aラインのふわりとしたデザインのワンピースは張りのあるシルク素材で、広く開いた襟ぐりや上品なカットのノースリーブが華やかだ。

「きれい……」

「サイズ、多分大丈夫だと思うんだけど……着てみて」

航大に促されて寝室で袖を通してみると、まるで誂《あつら》えたようにぴたりと美桜の身体に沿う。

濡れた髪を乾かし、うっすらメイクをしてリビングに戻ると、美桜を見た航大の瞳が甘く緩んだ。

「思った通り、ぴったりだな。美桜、今日はこれを着て食事に行こう」

「はい。あの……ありがとうございます」

「ああ。それに美桜……ちょっとこっちへ来て」

航大に手を引かれてソファに腰かけると、不意に立ち上がった航大が美桜の前にひざまずいた。

そしてジャケットのポケットからベルベッドの小箱を取り出し、そっと蓋を開ける。

中には大粒のダイヤモンドが飾られた指輪が、ちょこんと鎮座していた。

「美桜、遅くなったけど、これ、受け取ってくれないか」

「航大さん、これ……」

「エンゲージリング、まだ渡してなかっただろ」

航大は照れたように言うと、美桜の左手をそっと握る。

「……薬指、はめてもいい？」

航大の言葉に、美桜の目から涙が溢れる。

大切な家族がいて、明日は結婚式で、素敵なワンピースを着て。

こんなにも幸せにしてもらって、自分はいったいどうなってしまうのだろう。

航大はリングを美桜の左手の薬指にはめると、そっとキスを落とす。

「美桜、愛してる。一生、一緒にいてくれ」

「はい、航大さん。私も、ずっと愛してる……」

互いに紡ぎ合う愛の言葉に、美桜と航大はまた熱い口づけを交わすのだった。


翌日は雲ひとつない快晴だった。

日本で見る青空もきれいだが、ハワイの空はさらに一段上の透明度だ。

彩度の高い太陽の光が、空も海も何もかもをまぶしい光で包み込む。

「美桜、とってもきれい。本当に素敵な花嫁さんよ」

朝一番で駆けつけてくれた母が、美桜の隣で嬉しそうに笑っている。

今日、美桜が身に着けているのは、美しい総レースのマーメイドドレスだ。

ビスチェタイプになったデコルテには美しいレースが重ねられ、露出が苦手な美桜でも十分エレガントに着こなすことができる。

裾に施された長いレースのトレーンは総レースの豪華な作りで、ひとつひとつ職人が丹精込めて編み上げた繊細な文様で彩られている。

柔らかな編み込みでまとめた髪に飾っているのは純白のオールドローズ。

美桜が手に持ったブーケと航大の胸を飾るブートニアも、同じく可憐なオールドローズだ。

「花嫁様、それでは参りましょうか」

日本人スタッフの誘導で美桜が衣装室から出ると、ちょうど同じタイミングで支度を終えた航大と鉢合わせた。

航大はシックな黒のタキシードを、怖いくらい素敵に着こなしている。

すらりと長身だが鍛え抜かれた逞しい身体には上質なタキシードの黒が映え、知的さの中に見え隠れする男性的な野性味が、しなやかな野生動物のように魅力的だ。

黒く濡れた髪はきちんとセットされ、凛々しく端麗な彼の顔立ちを余すことなく引き立てている。

（航大さん、何て素敵なの……）

美桜は分かりやすく航大に見とれると、恥じらうように頬を染めてしまう。

航大はそんな美桜を堪らないといった表情で見つめると、優しく手を取った。

「美桜、凄くきれいだ。……こんな嫁さんをもらえて、俺は本当に幸せ者だ」

「航大さん……航大さんも、凄く素敵です」

美桜がやっとの思いでそう伝えると、航大は輝くような笑顔を浮かべて彼女の手を腕に絡ませる。

そんなふたりの様子を見ていた美桜の母が、感極まったように目を潤ませる。

「こんなに航大さんに愛されて……美桜は本当に幸せなお嫁さんね」

「お義母さん、それは違います。俺が幸せなんです」

大真面目に母に告げる航大に、スタッフも母も思わず笑みをこぼす。

「それでは野口様、教会に参りましょう」

ホテルスタッフの優しい祝福を受けながら、美桜と航大はエントランスに停められたリムジンへと乗り込むのだった。

海沿いの教会に到着すると、すでに義母と父が待っていた。

昨夜は、家族みんなでたくさん食べたり笑ったりと楽しい時間を過ごしたが、こうして神聖な場所に立つと、改めて身が引き締まるような気持ちになる。

航大と義母、そして母が教会の中に入ってしまうと、美桜は荘厳な扉の前に父とふたりで並び、静かに時を待つ。

やがて扉の向こうで、パイプオルガンのおごそかな調べが流れ始めた。

合図と共に扉が開き、美桜は父と一緒に祭壇への道を歩き出す。

すると、神聖なバージンロードの両側の座席に、家族以外の人影が多数座っているのが目に入る。

（えっ……）

まず目に入ったのは真子だ。その隣には高梨キャプテンもいる。

それにもう少し進んだ先には、関谷と渋谷、そして美桜たちが乗った飛行機のクルーたちが、みんな揃って笑顔で見つめている。

それに、みんなそれぞれタキシードやドレスなど、ドレスアップした姿で参加してくれている。

思いもよらない嬉しいサプライズに、美桜の目に涙が溢れた。

(こんなに素敵な結婚式をしてもらえるなんて、本当に幸せだ……)

見ると隣を歩く父も、涙を必死に堪えている。

歩みを進める先には煌めく海と、まぶしい光に包まれた十字架が見える。

とても神秘的な光の中で美桜を待つ航大が、優しい笑顔で美桜に向かって手を差し伸べていた。

祭壇の少し手前で父が立ち止まり、優しい父の腕から、愛しい人の下へ。

眩しい光の中で、美桜は旅立ちの一歩を踏み出す。

航大の黒い瞳が、ほんの少し細められた。

眩しそうに、幸福そうに。

その愛に溢れた眼差しに、幼い頃からずっと抱えてきた恋心が、確かな絆へと変わっていく。

(私、もうこの人の傍を離れない)

溢れ出すありったけの愛を感じながら、美桜の小さな指先が航大の大きな手の中へ引き寄せられていく。

幼い頃に憧れた小さな初恋の結末は、これから始まる長い長い物語の最初の一ページとなって、美桜の心のノートに刻まれるのだった。

教会での厳かな式を終え、開放された扉から海の見える芝生へ出ると、すぐに周囲に参列してくれたみんなが集まってきた。

「美桜ちゃん、凄くきれい。ふたりとも、今日は本当におめでとうございます」

目を潤ませた真子に祝福の言葉を掛けられ、美桜の目にも涙が溢れてしまう。

真子の隣には高梨キャプテン。彼も気品あふれるタキシード姿で、優しく微笑みながら航大とアイコンタクトを交わしている。

「美桜ちゃん、おめでとう。……本当にきれいだ」

スーツに身を包んだ関谷も、感極まったように涙を浮かべている。

その隣には、シックな黒いタイトワンピースに身を包んだ渋谷が輝くような笑顔を浮かべて立っていた。

「美桜ちゃん、野口君、今日は本当におめでとう。本当に素敵な花嫁さん。野口君、絶対離しちゃだめよ」

清々しく笑う渋谷に、航大が真摯な視線を向ける。

「ああ。渋谷、関谷も……来てくれて本当にありがとう」

「私、上司の配慮で野口君たちの結婚式に合わせてフライトだったの。高梨キャプテンと真子さんがお客様として搭乗してくださってね。それに何故か関谷君も」

そう言って肩を竦める渋谷に、関谷が大げさにベーッと舌を出す。

「皆様、それではこれから花嫁のブーケトスを行います。我こそはと思われる方は前の方へどうぞ！」

スタッフの掛け声で、周囲に華やいだ歓声が沸き起こった。

花のように可憐な女性たちが笑いながら前の方へ集まってきたが、その中には関谷と渋谷の姿もある。

「お前、背が高いうえにヒールなんて履いて……渋谷、ちょっとは遠慮しろよ。ここはどう考えても俺だろう」

「いやよ。関谷君、これは真剣勝負なのよ。私も欲しいの。美桜ちゃんのブーケ」

「えっ……いや、渋谷、ここはやっぱり俺に……」

「新婦様、それでは後ろを向いて……お願いします！」

柔らかなざわめきの中で、美桜は勢いよくブーケを投げる。

次の幸せを乗せたブーケは青空の中で気持ちよさそうに舞い、みんなの笑顔の中に落ちていった。

あとがき

こんにちは。はじめまして。有坂芽流《ありさかめる》と申します。

この度は私の二冊目のルネッタブックスをお手に取っていただき、本当にありがとうございます！


今回のヒロインとヒーロー、美桜と航大はエアラインのエースパイロットと空港内にあるカフェの新米バリスタという設定です。

この物語のプロットを考えたのはもうずいぶん前のことなのですが、多種多様な人々が行き交う空港という場所で、運命のように出会うふたりを書けたら……と、当初はとても心が躍ったことを覚えています。

生まれ育った環境も、与えられた資質もまるで違う。

本来生きるフィールドが違うふたりが、まるで磁石のように引き合う物語。

そう思って初稿に取り掛かったまでは良かったのですが、体調不良やプライベートでバタバタしたこともあり、この原稿が仕上がるまでは執筆を始めて以来、かつてないほどの大変な毎日でした。

それでも、物語の中のふたりは切ないほどに一途で不器用で、気がつけば夢中でキーボードを叩く自分がいました。

心の奥の柔らかで純粋な部分が満たされ、不思議な力が湧いてきました。そして最後には、私自身がふたりに励まされ、また歩き出す希望と力をもらった気がします。

この物語をお読みくださる皆様が、少しでも楽しんでくださるといいな、と心から願っております。

最後になりましたが、こんな素敵な機会を与えてくださった出版社様、ルネッタブックス編集部の皆様、担当編集様、今にも動き出しそうな魅力的なふたりを描いてくださった芦原《あしはら》モカ先生に心からの感謝を申し上げます。

そして何より、お手にとっていただきました読者の皆様に心からの感謝と愛を。

皆様に少しでも喜んでいただける物語を紡げるよう、今後も精進して参ります。

お元気で。幸福で。

いつかまた、どこかでお目にかかれることを心から祈っています。

有坂芽流

ルネッタブックス

極上パイロットの旦那様は、溺愛妻をイタイくらい囲い込んで離さない

2023年8月25日　第1刷発行　定価はカバーに表示してあります

著　者　有坂芽流　©MERU ARISAKA 2023

発行人　鈴木幸辰

発行所　株式会社ハーパーコリンズ・ジャパン
東京都千代田区大手町 1-5-1
03-6269-2883（営業部）
0570-008091（読者サービス係）

印刷・製本　中央精版印刷株式会社

ISBN978-4-596-52294-8

※この作品はフィクションであり、実在の人物・団体・事件等とは関係ありません。